Taschenbuch

D1724705

Mit
freundlichen
Empfehlungen
überreicht von

GEIGY PHARMA

Psychiatrie für die Praxis 10

Der gestörte Schlaf

Herausgegeben von
H. Hippius, H. Lauter, W. Greil

MMV Medizin Verlag München

CIP-Titelaufnahme der Deutschen Bibliothek
Der gestörte Schlaf / hrsg. von H. Hippius . . . – München:
MMV, Medizin-Verl., 1989
(Psychiatrie für die Praxis; 10) (MMW-Taschenbuch)
ISBN 3-8208-1128-1
NE: Hippius, Hanns (Hrsg.); 1. GT

Gesamtherstellung Graphischer Betrieb L. N. Schaffrath, Geldern
Printed in Germany

ISBN 3-8208-1128-1

Inhalt

Vorwort

Das 5. Münchener Forum „Psychiatrie für die Praxis" war dem Thema „Der gestörte Schlaf" gewidmet. Umfragen bei niedergelassenen Allgemeinärzten in der Schweiz und den USA ergaben eine sehr hohe Prävalenz an Schlafstörungen bei Patienten in der ärztlichen Praxis: 35 bis 50 Prozent der Patienten klagten über episodische, mehr als 10 Prozent sogar über chronische Beeinträchtigung ihres Schlafes. Man kann davon ausgehen, daß in der Bundesrepublik Schlafstörungen ähnlich häufig sind.

Den geklagten Schlafstörungen liegen sehr unterschiedliche Ursachen zugrunde. Die Behandlung dagegen ist oft recht einförmig. Durch die Erkenntnisse und durch die Methoden der modernen Schlafforschung ist eine differenzierte Diagnostik von Schlafstörungen möglich. Daraus können sich auch Verbesserungen in der Therapie und der Betreuung schlafgestörter Menschen ergeben.

Die Vorträge der Tagung beschäftigten sich mit folgenden Fragen:

1. Was ist der physiologische und was ist der normale Schlaf? Mit welchen Methoden werden sie gemessen, welche Stadien sind zu unterscheiden, und welche Bedeutung hat der normale bzw. der gestörte Schlaf?

2. Welche Ursachen liegen den Schlafstörungen zugrunde? Wie können Schlafstörungen klassifiziert werden?

3. Was ist die besondere Phänomenologie einiger spezifischer Schlafstörungen, wie zum Beispiel die Narkolepsie, das Kleine-Levin-Syndrom oder Schlaf-Apnoe?

4. Wie können Schlafstörungen durch pharmakologische Substanzen oder durch andere Methoden therapeutisch beeinflußt werden?

5. Welche Gefahren sind mit der mißbräuchlichen Anwendung von Schlafmitteln verbunden?

6. Welche Rolle spielt die Psychotherapie bei der Behandlung von Schlafstörungen? Wann ist sie indiziert und wie wird sie in solchen Fällen durchgeführt?

Die Tagung behandelte somit Fragen, mit denen Ärzte in Klinik und Praxis bei ihrer täglichen Arbeit häufig befaßt sind.

Der vorliegende Band „Psychiatrie für die Praxis 10" enthält die Referate der Tagung und eine Zusammenfassung der Diskussion. Wir hoffen, daß auch dieses Buch eine ähnlich große Resonanz findet wie die bisher erschienenen Bände dieser Reihe.

München, im November 1989

H. Hippius
H. Lauter
W. Greil

Physiologie des Schlafes. Untersuchungsmethoden

H. Schulz

Schlafbereitschaft und Schlafdauer

Schlaf ist ein Teil des tagesperiodischen, circadianen (circa = etwa, dies = Tag) Systems. Unter normalen Lebensbedingungen ist es allerdings schwierig zu entscheiden, ob die Einteilung des Tages in 2/3 Aktivitätszeit und 1/3 Schlafzeit eher von sozialen Erfordernissen und Umweltfaktoren (Hell-Dunkel-Wechsel) abhängt oder durch interne, physiologische Regulationsprozesse bestimmt wird. Um solche Fragen experimentell untersuchen zu können, wurden Methoden der Schlafforschung und der Chronobiologie kombiniert.

Leben Probanden für einige Wochen unter Ausschluß aller externen

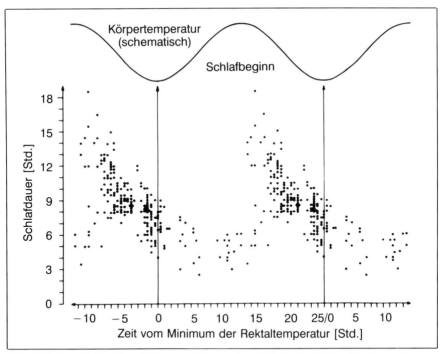

Abb. 1: Zeitpunkt des Einschlafens und Dauer des Schlafes in Abhängigkeit von dem circadianen Verlauf der Körpertemperatur. Dargestellt sind 206 Schlafepisoden von Probanden, die in zeitlicher Isolation (unterirdische Versuchsräume) beobachtet wurden. Zur Verbesserung der Übersichtlichkeit wurden die Daten in Form eines Doppelbildes zweifach dargestellt (aus [3]).

9

Zeitgeber in unterirdischen Versuchsräumen alleine, dann zeigt sich ein sehr enger Zusammenhang zwischen dem Zeitpunkt des selbstgewählten Zubettgehens, der Schlafdauer und dem circadianen Rhythmus der Körpertemperatur (Abb. 1). Die Mehrzahl der Probanden geht dann zu Bett, wenn sich der circadiane Rhythmus der Körpertemperatur seinem Minimum nähert. Die Phasenbeziehung zwischen der Körpertemperatur und dem Einschlafzeitpunkt beeinflußt aber offensichtlich auch die Schlafdauer. Unter zeitgeberfreien Bedingungen variiert die Schlafdauer zwischen etwa minimal 3 und maximal 18 Stunden. Die Mehrzahl der Schlafdauern liegt allerdings in der Nähe von 8 Stunden. Besonders lange Schlafdauern finden sich dann, wenn die Einschlafzeit weit vor dem Temperaturminimum beginnt; Einschlafzeiten in der Nähe des Temperaturminimums werden bevorzugt von Schlafphasen „normaler", also etwa achtstündiger Dauer begleitet, während die besonders kurzen Schlafphasen meist bei aufsteigender Körpertemperatur beginnen. Diese letzte Gruppe findet unter normalen Lebensbedingungen eine Entsprechung beim Schlaf von Schichtarbeitern, die gezwungen sind, bei aufsteigender und hoher Körpertemperatur zu schlafen und häufig über Schlafprobleme und eine verkürzte Schlafdauer klagen.

Diese Ergebnisse zeigen, daß der Schlaf-Wach-Rhythmus mit anderen circadianen Rhythmen synchronisiert ist und die Schlafbereitschaft nicht als passive Antwort auf die Art und Dauer der vorausgehenden Wachzeit interpretiert werden kann. Schlafstörungen können also eine Folge von Störungen circadianer Rhythmen sein, da unser Organismus nicht in der Lage ist, sich sehr schnell an ungewöhnliche Ruhezeiten anzupassen, wie dies etwa bei Schichtarbeit oder auch bei Transmeridianflügen gefordert wird. Solche Schlafstörungen sind allerdings transienter Natur, da sich die biologischen Rhythmen innerhalb weniger Tage wieder mit den externen Zeitgebern synchronisieren.

Die Infrastruktur des Schlafes

Ein Hauptergebnis der mit elektrophysiologischen Methoden arbeitenden Schlafforschung ist die Erkenntnis der komplexen Infrastruktur des Schlafes. Schlaf ist ein aktiv geregelter biologischer Prozeß, der sich in verschiedene Phasen und Stadien einteilen läßt. Die Grundlage dafür ist die kontinuierliche Registrierung des Elektroenzephalogramms (EEG), des Elektromyogramms (EMG) und des Elektrookulogramms (EOG). Darüber hinaus werden je nach Fragestellung der experimentellen oder klinisch-diagnostischen Untersuchung weitere Meßgrößen registriert, z. B. die Körperbewegungen (Aktographie), die Atmung, die Sauerstoffsättigung des Blutes (Oximetrie), das EKG, die Hautleitfähigkeit, die Aktivität der äußeren Sexualorgane (Penisplethys-

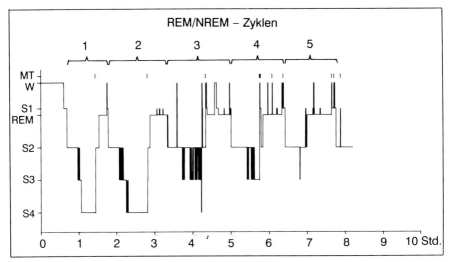

Abb. 2: Schlafprofil einer Nacht mit Angabe der NREM/REM-Zyklen. Die Zeit ist auf der x-Achse in Stunden angegeben; die Stadien sind auf der y-Achse aufgetragen. MT = große Körperbewegungen (*movement time*), W = wach, REM = REM-Schlaf, S1–S4 sind die vier NREM-Stadien. (Weitere Erläuterungen in [2]).

mographie) oder auch die Ausschüttung von Hormonen.

Mit Hilfe dieser Methoden lassen sich im Schlaf die beiden Schlafarten des Non-REM-(NREM) und des REM-Schlafes unterscheiden. REM ist das Acronym von rapid eye movement. REM-Schlaf ist gekennzeichnet durch ein niedergespanntes, desynchronisiertes EEG, rasche, konjugierte Augenbewegungen und eine auf aktiver Hemmung der Motoneurone beruhende Atonie der Halte- und Stellmuskulatur sowie einer Reflexhemmung (H-Reflex). Diese Merkmale des REM-Schlafes werden hauptsächlich von Neuronenpopulationen des pontinen Hirnstamms gesteuert ("rhombencephaler" Schlaf). Verglichen mit diesem aktiven Schlaf handelt es sich beim NREM-Schlaf um ruhigen Schlaf mit langsamwelliger EEG-Aktivität, hoher Stabilität autonomer Funktionen und geringer phasischer Aktivität in den meisten untersuchten physiologischen Systemen. Nach EEG-Kriterien läßt sich der Schlaf weiterhin in die NREM-Schlafstadien 1 (Thetaaktivität im EEG), 2 (Spindeln und K-Komplexe im EEG), 3 (20–50% Deltaaktivität im EEG) und 4 (mehr als 50% Deltaaktivität im EEG) unterteilen. REM-Schlaf macht etwa 20% der gesamten Schlafzeit aus, NREM-Schlaf 80%. Der Zeitverlauf des Schlafes ist in Abb. 2 als Schlafprofil dargestellt, mit der Zeit auf der x-Achse und den Stadien auf der y-Achse.

Die dargestellte Nacht umfaßt fünf NREM-REM-Zyklen von jeweils etwa 100 Minuten Dauer. Ein Schlafzyklus besteht aus einer NREM-Phase und der nachfolgenden REM-Phase. Mit der Zählung beginnt man nach dem Einschlafen. Als Einschlafzeitpunkt wird meist das erste Auftauchen von Stadium-2-Schlaf (S 2) gewählt.

Neben der zyklischen Strukturierung ist ein normaler Nachtschlaf durch die Verschiebung der Stadienanteile im Schlafverlauf gekennzeichnet. Die Stadien S3 und S4, nach Weckschwellenkriterien auch häufig als Tiefschlaf bezeichnet, dominieren im ersten Nachtdrittel. Die in S3 und S4 besonders hohe Deltaaktivität im Schlaf-EEG nimmt im Laufe der Nacht stetig ab. Es gibt viele Hinweise darauf, daß die Deltaintensität im EEG eine Funktion der vorausgegangenen Wachzeit ist, d. h. je länger die vorausgegangene Wachzeit war, desto höher ist der Anteil an Deltawellen zu Beginn der Nacht und desto tiefer ist der Schlaf. Schlaf kann man sich somit als zweidimensionalen Prozeß vorstellen, wobei die Erholungsfunktion nicht nur über die Dauer des Schlafes, sondern auch über das Ausmaß der Schlaftiefe (operationalisiert als Deltaaktivität im EEG) reguliert wird. Wie im ersten Abschnitt schon gezeigt wurde, hängt die Dauer des Schlafes von der Interaktion mit anderen circadianen Rhythmen ab, sie ist somit weniger flexibel als der zweite Prozeß, der unmittelbar auf die Dauer (und auch das Ausmaß an physischer Belastung in) der vorausgehenden Wachzeit reagiert.

Die Computeranalyse des Schlafes

Bei den Schlafstadien handelt es sich um diskrete Zustände, die durch visuelle Analyse der Schlafregistrierung ermittelt werden. Die „Sprünge" zwischen den Stadien sind daher kein biologischer Fakt, sondern ein methodisches Artefakt der visuellen Analyse.

Mit Hilfe des Computers können die physiologischen Meßgrößen, die im Schlaf registriert werden, auch automatisch analysiert werden. Abb. 3 gibt dafür ein Beispiel.

Im oberen Teil der Abbildung (Abb. 3 a) ist das konventionelle Schlafprofil einer Nacht dargestellt, darunter ein automatisch analysierter Verlaufsparameter des Schlaf-EEG (Abb. 3 b) [1]. Der Parameter kann Werte zwischen 0 und 10 annehmen, wobei niedere Werte hohe Synchronisation (d. h. langsam-wellige Aktivität) im EEG anzeigen, hohe Parameterwerte hingegen niedere Synchronisation. Der Verlauf des EEG-Parameters über die Nacht entspricht recht gut der Abfolge der Stadien im Schlafprofil, allerdings kann der Schlafverlauf bei der automatischen Analyse kontinuierlich abgebildet werden, ohne die „Stufen" und „Sprünge" der Schlafstadien. Außerdem zeigt der EEG-Parameter, daß Schlaf immer eine Abfolge zweier entgegengesetzter zeitlicher Ent-

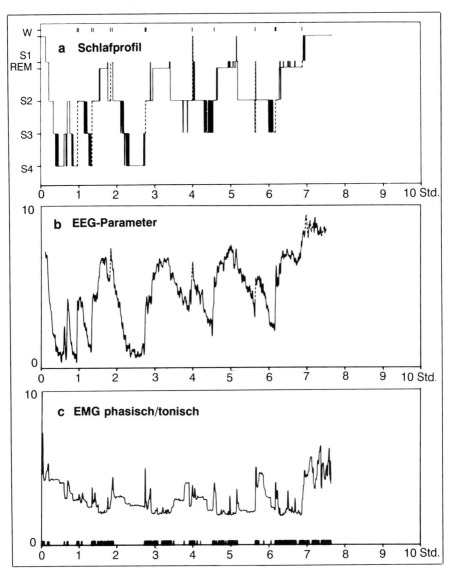

Abb. 3: Visuelle Analyse (a) und Computeranalyse des Schlafes (b, c). In b ist der Zeitverlauf eines EEG-Parameters dargestellt, der zwischen 0 (EEG-Synchronisation) und 10 (EEG-Desynchronisation) variieren kann. In c sind zwei automatisch analysierte Parameter des EMGs dargestellt. Die durchgezogene Linie repräsentiert den Verlauf des mittleren Tonus des EMG (der Kinnregion); die Strichmarken am unteren Bildrand zeigen Phasen mit transienter EMG-Aktivität an, d. h. schnelle Wechsel im Muskeltonus. Berechnung der Parameter in [1].

13

wicklungen im EEG ist: Das EEG synchronisiert entweder über einen längeren Zeitraum (abwärts gerichteter Verlauf des Parameters) oder es desynchronisiert (aufwärts gerichteter Verlauf des Parameters). Die Übergänge von Phasen mit EEG-Synchronisation in solche mit EEG-Desynchronisation sind abrupt.

Im Schlafprofil entsprechen diese Wendepunkte den Endpunkten von Abschnitten mit S3- oder S4-Schlaf.

Im unteren Teil der Abb. 3 (c) sind außerdem noch zwei automatisch analysierte Parameter der muskulären Aktivität (EMG der Kinnregion) dargestellt. Der kontinuierliche Parameter zeigt den Verlauf des mittleren Muskeltonus über die Nacht, während das Strichmuster am unteren Bildrand die phasische oder transiente EMG-Aktivität darstellt. Eine Marke wurde immer dann gesetzt, wenn sich der Muskeltonus plötzlich ändert. Vergleicht man dieses Strichmarkenmuster mit dem EEG-Verlaufsparameter, dann sieht man, daß die transiente EMG-Aktivität während Phasen der EEG-Synchronisation gering ist, während sie in Phasen mit EEG-Desynchronisation sehr hoch ist. Dies zeigt, daß es im Schlaf eine ganz enge Synchronisation zwischen dem Verlauf der EEG- und der EMG-Aktivität gibt. Auf die Bedeutung dieser Zusammenhänge für die Beschreibung pathophysiologischer Prozesse bei Schlafstörungen wird im folgenden Abschnitt eingegangen.

Die Untersuchung von Schlafstörungen

Die eben beschriebenen Methoden können bei der Untersuchung von Schlafstörungen eingesetzt werden. Abb. 4 zeigt im oberen Teil einen normalen Schlafverlauf und im unteren Teil den Schlafverlauf bei einem Patienten mit periodischen Bewegungen im Schlaf (PMS-Syndrom = periodic movements during sleep). Im Unterschied zum Gesunden ist der Schlafverlauf des PMS-Patienten deutlich abgeflacht (EEG-Parameter), und das zyklische Alternieren zwischen den Schlafphasen ist weniger klar ausgeprägt. Außerdem ist die klare Gruppierung der transienten EMG-Aktivität, die für den normalen Schlaf typisch ist, bei dem PMS-Patienten nicht mehr nachweisbar. Die motorische Unruhe, die durch den Parameter transiente EMG-Aktivität erfaßt wird, verhindert ein Absinken in den tieferen Schlaf, insbesondere im ersten Drittel der Nacht (Abb. 4).

Abschließend sollen die beiden Untersuchungs- und Darstellungsmethoden der visuellen und der automatischen Schlafanalyse am Beispiel des *veränderten Schlafverlaufs in der Depression* demonstriert werden. Die Farbgraphik (Abb. 5; S. 16) zeigt den Schlaf einer endogen depressiven Patientin in 13 aufeinanderfolgenden Nächten. Da es dem Betrachter nicht möglich ist, 13 Schlafprofile simultan zu vergleichen, wurden in dieser Darstellung

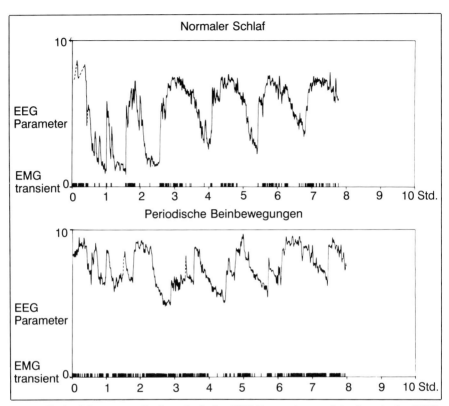

Abb. 4: Verlauf des automatisch analysierten EEG-Parameters und der transienten EMG-Aktivität im normalen Schlaf (oberer Kasten) und bei einem Patienten mit periodischen Beinbewegungen im Schlaf (PMS-Syndrom; unterer Kasten). Die Amplitude des Schlafzyklus ist beim PMS-Patienten reduziert, außerdem ist der Verlauf des EMG-Parameters weniger regelmäßig. Die transiente EMG-Aktivität ist bei dem PMS-Patienten erhöht, und es fehlt die Gruppierung, die für den normalen Schlaf typisch ist.

die Schlafstadien durch Farben kodiert. Damit läßt sich jede Nacht in Form eines Farbbalkens darstellen.

Man sieht unmittelbar, daß sich der Schlaf der Patientin vor und nach Medikation mit einem trizyklischen Antidepressivum massiv unterscheidet. Vor der Behandlung hat die Patientin sehr viele und sehr lange

Wachzeiten (wach = weiß), unmittelbar nach Behandlungsbeginn (8. Nacht) kommt es zu einem sprunghaften Anstieg der Schlafkontinuität und zu einem ausgeprägten Zuwachs der Tiefschlafstadien S3 und S4 (hell- bzw. dunkelblau). REM-Schlafphasen (rot) waren schon vor der Behandlung selten, nach der Ein-

15

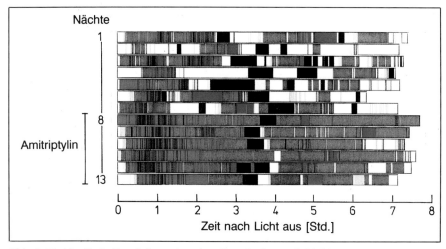

Abb. 5: Farbkodierte Darstellung des visuell analysierten Schlafes in 13 aufeinanderfolgenden Nächten einer endogen depressiven Patientin. Weiß = wach, Rot = REM-Schlaf, Gelb = S1, Grün = S2, Hellblau = S3, Dunkelblau = S4, Schwarz = Pause. Jede Nacht ist durch einen Farbbalken entlang der Zeitachse repräsentiert. In den ersten 7 Nächten war die Patientin unbehandelt; die Nächte 8–13 wurden unter Amitriptylin (in klinischer Dosierung) registriert. Die Schlafunterbrechung zwischen der 3. und 4. Stunde jeder Nacht war durch die Art der Untersuchung bedingt. In dieser Pausenzeit wurde eine Urinprobe gesammelt. Weitere Angaben im Text.

nahme von Amitriptylin ist REM-Schlaf selten.

Einzelne REM-Episoden finden sich in der zweiten Nachthälfte. Systematische Untersuchungen müssen in Zukunft klären, ob (a) diese Effekte auf die Schlafstruktur bei allen depressiven Patienten ähnlich sind und (b) welcher Zusammenhang zwischen den Schlafveränderungen und dem klinischen Verlauf der Erkrankung besteht.

Die eben beschriebenen Veränderungen der Schlafstruktur unter Antidepressiva können auch mit Hilfe der automatischen Analyse dargestellt werden. In Abb. 6 u. 7 wird der EEG- und EMG-Verlauf einer nor-

malen Nacht (**Abb. 6**) mit einer Nacht einer behandelten depressiven Patientin (**Abb. 7**) verglichen.

Es zeigt sich, daß die charakteristische zyklische Organisation des Schlaf-EEGs unter der Behandlung mit Clomipram verschwunden ist. Unter dieser Behandlung kommt es nur zu Beginn der Nacht zu einer Schlafvertiefung und danach zu einem fast kontinuierlichen leichten Anstieg des EEG-Parameters im Verlauf der Nacht. Diese systematische Veränderung des Schlaf-EEGs kann in der visuellen Analyse nicht adäquat dargestellt werden, da es sich um eine sehr langsame Veränderung über die Nacht hinweg handelt.

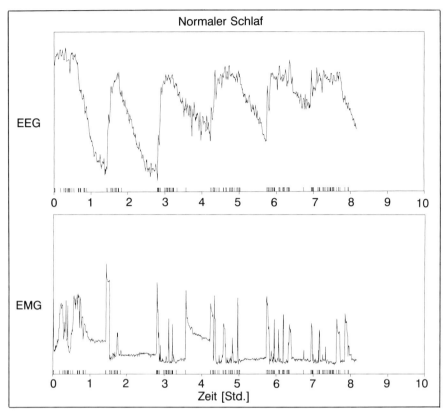

Abb. 6: Darstellung eines normalen Schlafverlaufs als Vergleich zu Abb. 7. Für die Erklärung des EEG- und des EMG-Parameters siehe Legende von Abb. 3. Weitere Einzelheiten im Text.

Darüber hinaus erlaubt es die automatische Analyse auch, den Einfluß der Medikation auf den EMG-Verlauf (EMG der Kinnregion) darzustellen. Das mittlere EMG ist in der gesamten ersten Nachthälfte sehr hoch. Nach der 4. Stunde wird das EMG instabil und oszilliert wiederholt zwischen hohen und niederen Werten. Die niederen Werte (Atonie) entsprechen dem EMG im REM-Schlaf. Aus dem Beispiel ist somit leicht ersichtlich, daß der REM-inhibierende Effekt von Clomipramin nicht vollständig ist und Mikro-REM-Episoden in der zweiten Nachthälfte wiederholt vorkommen. Schließlich zeigt sich in dieser Nacht auch eine Umverteilung der transienten EMG-Aktivität (Strichmarken am unteren Bildrand) mit geringer transienter Aktivität in der ersten Nachthälfte und hoher Aktivität in der zweiten Nachthälfte.

17

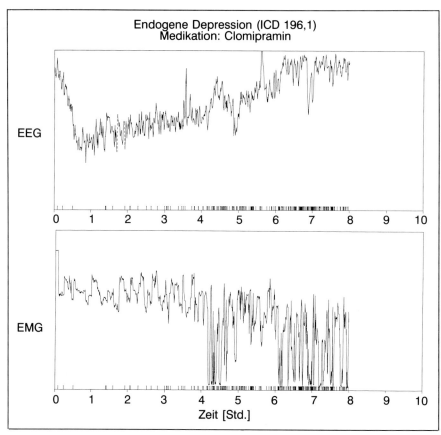

Abb. 7: Einfluß von Clomipramin auf den Schlaf einer Patientin mit endogener Depression. Normaler Schlafverlauf zum Vergleich s. Abb. 6. Einzelheiten im Text.

Wie diese wenigen Beispiele zeigen, kann eine Computer-unterstützte Analyse der Schlafpolygraphie wesentlich zu einer genaueren Beschreibung veränderten Schlafes und damit zu einem besseren Verständnis pathophysiologischer Mechanismen beitragen.

Literatur

1. **Haustein, W. u. Mitarb.**: Automatic analysis overcomes limitations of sleep stage scoring. Electroencephal. clin. Neurophysiol. 64 (1986) 364–374.
2. **Schulz, H.**: Schlafforschung. In: Kisker, K. P. u. Mitarb. (Hrsg.): Psychiatrie der Gegenwart, Bd. 6, Organische Psychosen. S. 402–442. Springer, Berlin, Heidelberg 1988.
3. **Zulley, J. u. Mitarb.**: The dependence of onset and duration of sleep on the circadian rhythm of rectal temperature. Pflügers Arch. 391 (1981) 314–318.

Differentialdiagnose der Schlafstörungen

F. Hohagen, M. Berger

Schlafstörungen stellen ein häufiges Problem in der ärztlichen Praxis dar. Eigene epidemiologische Untersuchungen konnten zeigen, daß 19% aller Patienten zwischen 18 und 65 Jahren, die ihren Allgemeinarzt konsultierten, an einer ausgeprägten Insomnie litten. Die Ergebnisse der Schlafforschung in den letzten Jahren haben unseren Kenntnisstand über die verschiedenen Arten von Schlafstörungen erweitert und dazu geführt, daß man differenzierter an dieses Problem herangeht. Der Hauptanspruch einer subtileren Diagnostik der Störungen des Schlafs sind, daß man mit der verbesserten Differentialdiagnostik auch zu einer verbesserten Therapie kommt. Dies würde bedeuten, daß man von einer unspezifischen, symptomatischen Therapie mit Hypnotika zu einer differenzierteren, auf den jeweiligen Typ der Schlafstörung abgestimmten Behandlung kommen sollte.

Wie sieht die Behandlungssituation in der Bundesrepublik Deutschland für schlafgestörte Patienten momentan aus? Um diese Frage zu beantworten, bietet sich ein Vergleich mit den USA an. Vor etwa 10 Jahren führte der amerikanische Schlafforscher *Dement* eine Untersuchung in Allgemeinarztpraxen durch und teilte als eines seiner Ergebnisse mit, daß zwischen der Klage eines Patienten über gestörten Schlaf und der Verordnung eines Hypnotikums im Durchschnitt drei Minuten vergingen. Es gab damals nur wenige Schlaflabors, die Verschreibungshäufigkeit von Hypnotika war sehr hoch. In der Zwischenzeit gibt es in Amerika ein enges Netz von etwa 1000 Schlaflabors, die differenzierte Behandlungsmöglichkeiten anbieten und sehr zur Informationsverbreitung über Schlafstörungen beitragen. In dem Maße, in dem der Wissensstand der Ärzte um Schlafstörungen zunahm, verringerte sich die Verordnungsfrequenz von Benzodiazepinen drastisch.

Die Situation in der Bundesrepublik Deutschland ist deutlich schlechter als in den Vereinigten Staaten. Es gibt ein nur breitmaschiges Netz von Schlaflabors, die sich neben der Schlafforschung auch der Behandlung von Patienten in größerem Umfang widmen.

Als weiterer Gradmesser für die Verbreitung von Kenntnissen der Ärzte über den Schlaf können neben der Dichte der Schlaflabors die Verschreibungsgewohnheiten von Benzodiazepin- und Barbiturathypnotika herangezogen werden. Die Bundesrepublik Deutschland liegt weltweit etwa an dritter Stelle im Pro-Kopf-Verbrauch von Hypnotika, während in den USA die Verschreibungshäufigkeit auf ein Drittel unseres Verbrauchs abgesunken ist (Tab. 1, [17]).

Tabelle 1: Pro-Kopf-Verbrauch (≥ 15 Jahr) von Sedativa und Hypnotika (1986) in Standard-Einheiten/Jahr. (Standard-Einheiten = Medikamentenmenge für eine 1wöchige Standardtherapie [17]).

Frankreich	1,9
Schweiz	1,4
Westdeutschland	1,2
England	1,0
Italien	0,7
USA	0,4
Spanien	0,3

Zusammenfassend ist festzustellen, daß der Kenntnisstand der Ärzte in der Bundesrepublik über Schlafstörungen unzureichend zu sein scheint und daß schlafgestörte Patienten oft nur mangelhaft diagnostiziert und behandelt werden. Analysiert man nun die Gründe für die unbefriedigende Situation, so kommen in erster Linie drei Erklärungsmöglichkeiten in Frage:

1. Die Anzahl der Schlaflabors in der Bundesrepublik ist zur Zeit nicht ausreichend, um eine fachgerechte Versorgung von Patienten zu gewährleisten. Der niedergelassene Arzt ist, wie in anderen Bereichen der Medizin, darauf angewiesen, daß klinische Einrichtungen zur Verfügung stehen, in die er seine Patienten zu einer Diagnostik und Therapieempfehlung oder Therapieeinleitung überweisen kann und sie von dort wieder zurückübernimmt.

2. Der unkritische Gebrauch von Hypnotika verhindert häufig eine differenzierte Diagnostik und Therapie von Schlafstörungen. Mit Benzodia-zepin-Hypnotika stehen dem Kliniker hochwirksame Mittel zur Akutbehandlung zur Verfügung, die unspezifisch bei allen Arten von Schlafstörungen, in der Regel innerhalb von kurzer Zeit, zumindest vorübergehend eine deutliche Verbesserung herbeiführen. Auf der anderen Seite sind diese Schlafmittel langfristig gesehen nicht unproblematisch und decken häufig auch die eigentliche Ursache der Schlafstörung zu. So ergibt sich immer wieder die Gefahr, eine sorgfältige Differentialdiagnostik zu umgehen und sich auf den Soforteffekt von Benzodiazepinen zu sehr zu verlassen.

3. Die Differentialdiagnostik von Schlafstörungen stellt hohe Ansprüche an den Arzt. Er muß gute Kenntnisse in der Allgemeinmedizin und Pharmakotherapie haben, muß, wenn es um nächtliche Atemregulationsstörungen geht, über pulmonologische Grundkenntnisse verfügen und psychiatrisch gewisse Erfahrung haben, um die psychosoziale Situation des Patienten zu erfassen. Darüber hinaus sollte er über einige Grundkenntnisse der Regulation des Schlafes verfügen, die jedoch bisher im Medizinstudium nicht vermittelt werden.

Im folgenden soll auf die wichtigsten Schlafstörungen eingegangen werden, die in der Praxis und Klinik eine Rolle spielen.

Tabelle 2 gibt einen Überblick über die verschiedenen Arten von Schlafstörungen.

Tabelle 2: Differentialdiagnostik nächtlicher Schlafstörungen und gesteigerter Tagesmüdigkeit.

① Symptomatische Insomnien bei körperlichen Erkrankungen
  z. B. Rheuma, Herz-Kreislauf-Erkrankungen, Duodenalulzera, Hyperthyreose, Asthma bronchiale
② Medikamentös bedingte Insomnien
  z. B. Gyrasehemmer, Betablocker, Appetitzügler, Antidepressiva
③ Toxisch bedingte Insomnien
  z. B. Alkohol, Stimulanzien, Schlafmittel
④ Schlafapnoen
⑤ Narkolepsie
⑥ Nächtliche Myoklonien, „restless legs"
⑦ Insomnien bei psychiatrischen Erkrankungen
  z. B. Depressionen, Schizophrenien, Neurosen
⑧ Situativ bedingte Insomnien
  z. B. Partnerschaftskonflikte, berufliche Überlastung
⑨ Idiopathische Insomnien
⑩ Pseudoinsomnien

Schlafstörungen und somatische Erkrankungen

Interaktionen zwischen Schlafstörungen und somatischen Erkrankungen spielen in der Praxis eine außerordentlich große Rolle. Zum einen können körperliche Erkrankungen Ursache von Schlafstörungen sein. Jeder Kliniker weiß aus seiner praktischen Erfahrung, daß Erkrankungen, die z. B. mit Fieber, Husten, Schmerzen oder Atemnot einhergehen, natürlich auch den Schlaf stören. Viele neurologische Erkrankungen wie z. B. Hirnstammtumoren, Enzephali-

tiden usw., die die Zentren der Schlaf-Wach-Regulation schädigen, können zu Schlafstörungen führen.

Auf der anderen Seite besteht eine bidirektionale Beziehung zwischen somatischen Erkrankungen und der Beschaffenheit des Schlafes. So kann auch der Schlaf körperliche Erkrankungen verschlechtern und intensivieren. Dies ist ein wichtiger Aspekt, der in der inneren Medizin nicht immer ausreichend beachtet wird.

Mehrere Studien konnten zeigen, daß die größte Todesfallhäufigkeit in der zweiten Nachthälfte zwischen drei und sechs Uhr zu erwarten ist [11]. Dies ist aber genau der Zeitpunkt, wo in den frühen Morgenstunden der Hauptanteil des REM-Schlafs auftritt. **Abb. 1** verdeutlicht, warum es nahe liegt, daß der Schlaf selbst somatische Erkrankungen intensivieren kann.

Im Verlaufe der Nacht sinken die vegetativen Parameter wie Herz- und Atemfrequenz kontinuierlich ab. Während des REM-Schlafs hingegen kommt es zu einem kurzfristigen Anstieg und zu einer deutlich erhöhten Variabilität dieser Parameter. Insbesondere in der zweiten Hälfte der Nacht kann es so zu massiven Alterationen der Atemfrequenz und auch zu Bronchokonstriktion kommen. Bei kardiovaskulären und chronisch obstruktiven Lungenerkrankungen kann es während des REM-Schlafes zu einer Intensivierung der Symptomatik kommen.

So wie Herzerkrankungen wie Angina pectoris und Arrhythmien

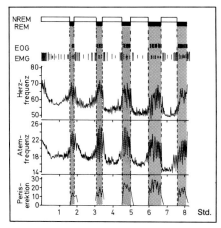

Abb. 1: Vegetative Parameter während NREM- und REM-Schlaf (modifiziert nach U. Jovanovic).

Schlafstörungen bedingen können, kann auch der REM-Schlaf diese Krankheiten verstärken. Es ist bekannt, daß viele Patienten mit massiven Arrhythmien oder Angina pectoris-Anfällen aus dem REM-Schlaf erwachen [5]. Die erhöhte Variabilität der kardiovaskulären und pulmonalen Parameter mit ausgedehnten Blutdruckschwankungen und tachykarden Episoden kann zur Intensivierung der Symptomatik führen. Weiterhin kann alleine durch den Blutdruckabfall während der Nacht eine vorbestehende Herzinsuffizienz oder zerebrovaskuläre Erkrankung verstärkt und damit manifest werden.

Aber auch gastrointestinale Erkrankungen können durch den Schlaf in ihrer Symptomatik intensiviert werden. Während des REM-Schlafs nimmt bei Patienten mit Duodenalulzera die Freisetzung von Magensaft

um das 2–10-fache zu [6], so daß durch die vermehrte Freisetzung von Magensäure bei vorbestehenden Duodenalulzera in der zweiten Nachthälfte massive Schmerzen auftreten können. Gibt man einem Patienten mit Duodenalulzera ein Hypnotikum, so sollte kein kurzwirksames Mittel gegeben werden, das initial den REM-Schlaf unterdrückt und in der zweiten Nachthälfte dadurch REM-Schlaf vermehrt.

Medikamentös induzierte Insomnien

Tabelle 3 gibt eine Übersicht über Medikamente, die potentiell den Schlaf stören können.

Von vielen Medikamenten ist bekannt, daß sie Schlafstörungen erzeugen. Hierzu gehören Amphetamine, Appetitzügler und alle Medikamente, die Koffein enthalten. Nootropika oder Migränemittel können Schlafstörungen verursachen. Bei Gyrasehemmern sind Schlafstörungen die häufigsten unerwünschten Nebenwirkungen. Auch Zytostatika oder orale Kontrazeptiva können vereinzelt zu Schlafstörungen führen. Bei antriebssteigernden Antidepressiva muß damit gerechnet werden, daß sie eine Insomnie verursachen, wohingegen sedierende Antidepressiva meist schlafinduzierend wirken. In seltenen Fällen können aber auch sedierende Antidepressiva im Rahmen einer paradoxen Reaktion den Schlaf stören.

Toxisch bedingte Insomnien

Neben Medikamenten können viele Substanzen zu einer toxisch bedingten Insomnie führen. In der klinischen Praxis am wichtigsten ist hier der Alkohol. Viele Menschen versuchen, mit abendlichem Alkohol ihren Schlaf zu verbessern. Alkohol wirkt initial schlafinduzierend, besitzt aber eine relativ kurze Wirkdauer. In höheren Dosen zerstört Alkohol den Schlaf. Wegen der kurzen Wirkdauer, die in wenigen Stunden abklingt, treten in der zweiten Nachthälfte bei höherem Alkoholkonsum fast regelhaft ausgeprägte Schlafstörungen auf. Da Alkohol initial sehr stark REM-Schlaf unterdrückend wirkt, kommt es in der zweiten Nachthälfte zu einem ausgeprägten REM-Rebound mit massiven Alpträumen. Längerer und ausgeprägterer Alkoholismus führt fast immer zu schwersten Schlafstörungen, die selbst nach Absetzen für Wochen und eventuell für Monate bestehen bleiben [2, 7].

Weniger bekannt ist, daß auch Nikotin zu einer Insomnie führen kann. Raucher mit mehr als 20 Zigaretten am Tag müssen damit rechnen, unter gestörtem Schlaf zu leiden [15]. Selbstverständlich kann auch der Genuß von Kakao, Kaffee oder Tee in den späten Nachmittagsstunden oder am Abend den Schlaf empfindlich stören [3, 10]. In der klinischen Praxis ist es ganz besonders wichtig zu wissen, daß auch Schlafmittel bei chronischem Gebrauch zu Schlafstö-

Tabelle 3: Potentiell Insomnie induzierende Medikamente.

I	Stimulanzien (Appetitzügler, Koffein)
II	Nootropika (z. B. Piracetam)
III	Durchblutungsfördernde Mittel (z. B. Dihydroergotoxin)
IV	Antibiotika (z. B. Gyrasehemmer)
V	Zytostatika
VI	Migränemittel (z. B. Methysergid)
VII	Antihypertensiva (z. B. β-Blocker, Clonidin)
VIII	Antiasthmatika (z. B. Theophyllin, Clenbuterol)
IX	Hormonpräparate (z. B. Glucocorticoide, Thyroxin, Kontrazeptiva)
X	Antiparkinsonmittel (z. B. L-Dopa)
XI	Antikonvulsiva (z. B. Phenytoin)
XII	Psychopharmaka (antriebssteigernde Antidepressiva, MAO-Blocker, Sulpirid)
XIII	Sedativa und Hypnotika bei paradoxen Reaktionen

rungen führen können. Wie dies vor sich geht, zeigt Abb. 2.

Das ideale Schlafmittel sollte schlafinduzierend wirken und zu einer Verlängerung der Schlafdauer führen; der Effekt sollte während des Einnahmezeitraumes anhalten; nach Absetzen des Medikaments sollte sich der physiologische Schlaf-Wach-Regulationsmechanismus wieder regeneriert haben und die Schlafqualität nach Absetzen des Medikaments besser sein als vor der Einnahme. Die Realität bei Barbituraten und auch den Benzodiazepinen sieht jedoch anders aus. Die Medikamente führen relativ schnell zu einer Verbesserung oder Verlängerung des Schlafes. Dieser Effekt kann mehre-

Abb. 2: Entwicklung einer Rebound-Insomnie unter chronischer Benzodiazepineinnahme (modifiziert nach Hauri).

re Wochen anhalten. Eine dauerhafte Verbesserung des Schlafs ist jedoch nicht über einen Zeitraum von vier bis sechs Wochen hinaus nachgewiesen. Im Gegenteil, es gibt immer mehr Hinweise dafür, daß bei längerfristiger Benzodiazepineinnahme die Schlafqualität zumindest bei einem Großteil der Patienten immer schlechter wird, sogar schlechter, als sie vor Einnahme des Medikaments war. Nach Absetzen der Schlafmedikation kommt es bei mindestens 50% der Patienten zu einer massiven Rebound-Insomnie [9]. Diese Absetzinsomnie ist für den Patienten quälend und kann wochenlang andauern. Der Patient nimmt meist fälschlicherweise an, daß die medikamentös induzierte Rebound-Insomnie seine ursprüngliche Schlafstörung sei und daß er deshalb das Medikament weiter brauche. Für kurz wirksame Benzodiazepine konnte nachgewiesen werden, daß bei gesunden Probanden schon nach einmaliger Gabe in der darauffolgenden Nacht eine Verschlechterung des Schlafes im Sinne einer Rebound-Insomnie eintreten kann [4]. In der klinischen Praxis muß beachtet werden, daß nach Absetzen von lang wirksamen Benzodiazepinen, die zur Kumulation neigen, eine Rebound-Insomnie erst Tage nach Absetzen des Medikamentes eintritt, während bei kurz wirksamen Benzodiazepinen, wie z. B. bei Triazolam, der Serumspiegel rasch absinkt und Entzugssymptomatik und eine Rebound-Insomnie eventuell schon in den frühen Morgenstunden auftreten können.

Bei der Verschreibung von Benzodiazepinen muß der Patient darüber aufgeklärt werden, daß auch nach relativ kurzfristiger Anwendung nach Absetzen des Medikamentes eine Rebound-Insomnie auftreten kann.

Nächtliche Atemregulationsstörungen

In den letzten Jahren fanden nächtliche Atemregulationsstörungen wie das Schlafapnoe-Syndrom große Beachtung, da sie zu einer ganzen Reihe von internistischen Komplikationen führen können. Man unterscheidet ein obstruktives, ein zentrales sowie ein gemischtes Schlafapnoe-Syndrom. Leitsymptom sind neben erhöhter Tagesmüdigkeit und imperativen Einschlafattacken das eruptive Schnarchen, gefolgt von nächtlichen Atempausen. Die kontinuierlichen Atempausen mit regelrechten „Erstickungsanfällen" führen zu einer „Weckreaktion", so daß der Patient nie erholsamen Tiefschlaf findet und lediglich oberflächliche Schlafstadien erreicht (Abb. 3).

Mögliche Komplikationen der Schlafapnoe sind arterielle und pulmonale Hypertonie, Herzrhythmusstörungen, Potenzstörungen und kognitive bzw. mnestische Störungen. Epidemiologische Untersuchungen gehen davon aus, daß bis zu 10% aller Männer zwischen 40 und 60 Jahren an einem Schlafapnoe-Syndrom leiden [13].

Narkolepsie

Die Narkolepsie ist eine weitaus seltenere Erkrankung, die differentialdiagnostisch bei der Klage über Tagesmüdigkeit mit imperativen Einschlafattacken in Erwägung gezogen werden muß. Weitere Kardinalsymptome der Narkolepsie sind Kataplexien (plötzlicher kompletter oder partieller Tonusverlust in emotional bewegenden Situationen), hypnagoge Halluzinationen und Schlaflähmungen. Im Gegensatz zur Schlafapnoe, die sich vorwiegend in der zweiten Lebenshälfte manifestiert, liegt das Ersterkrankungsalter bei der Narkolepsie meist in der ersten Lebenshälfte. Fast alle Narkoleptiker sind in der Typisierung HLA/DR 2 positiv (in der Normalbevölkerung kommt HLA/DR 2 in ca. 30% vor), und viele Narkolepsiepatienten zeigen im Multiple-Sleep-Latency-Test und in der polygraphischen Schlafableitung sleep-onset-REM-Phasen (REM-Latenz < 25 min). Differentialdiagnostisch muß die Narkolepsie von der idiopathischen ZNS-Hypersomnie abgegrenzt werden.

Nächtliche Myoklonien und „restless-legs"-Syndrom

Nächtliche Muskelzuckungen können so stark ausgeprägt sein, daß sie das Auftreten von Tiefschlaf verhindern. Die Patienten klagen dann

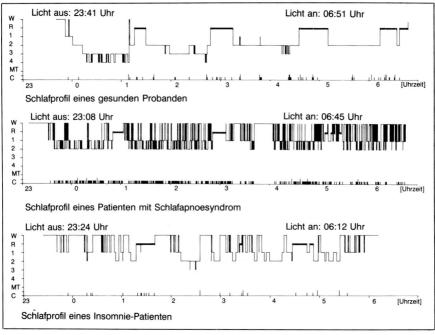

Abb. 3: Vergleichende Darstellung des Schlafprofils eines gesunden Probanden mit denjenigen eines Patienten mit Schlafapnoesyndrom bzw. eines Insomnie-Patienten. W = Wach; 1, 2, 3, 4 = Non-REM-Schlaf; R = REM-Schlaf; MT, C = Körperbewegungen.

meist über erhöhte Tagesmüdigkeit. Das „restless-legs"-Syndrom geht mit unangenehmen Parästhesien, meist der Unterschenkel, einher, die im Liegen auftreten und sich auf körperliche Bewegung hin bessern. Die Parästhesien zwingen den Patienten ständig herumzulaufen und verhindern so die Nachtruhe. Meist ist das „restless-legs"-Syndrom mit nächtlichen Myoklonien kombiniert.

Insomnien bei psychiatrischen Erkrankungen

Schlafstörungen sind häufig Initialsymptom psychiatrischer Erkran-

kungen, insbesondere der Depression. Bei jüngeren Patienten tritt die Schlafstörung in ca. 10% auch in Form einer Hypersomnie auf. In der Regel klagen depressive Patienten jedoch über eine Hyposomnie. Es gibt so gut wie keine klinisch behandlungsbedürftige Depression, die nicht eine Schlafstörung aufweist. **Abb. 4** zeigt das typische Schlafprofil depressiver Patienten im Vergleich zu demjenigen gesunder Probanden.

Auffällig ist die verkürzte REM-Latenz zu Beginn der Nacht, das fraktionierte Schlafprofil mit häufi-

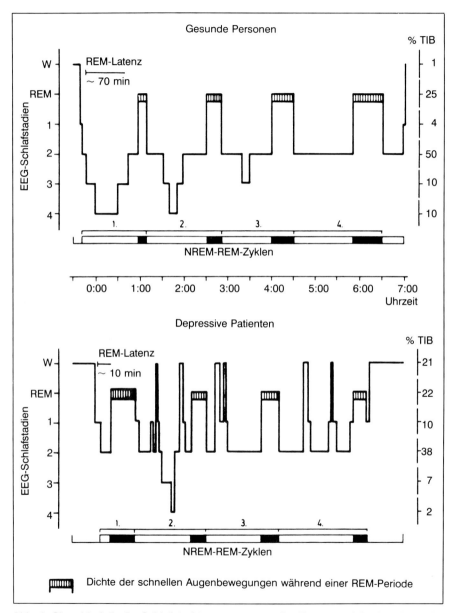

Abb. 4: Charakteristische Schlafstrukturen von gesunden Personen (oben) und von depressiven Patienten (unten).

gen Wachphasen sowie das frühmorgendliche Erwachen. Vor allem das frühmorgendliche Erwachen wird von depressiven Patienten als quälend empfunden, da sie meist deutlich depressiver als am vorausgegangenen Abend gestimmt aufwachen. Schlafstörungen im Rahmen einer Depression sollten primär mit sedierenden Antidepressiva behandelt werden, mit denen man zum einen das Zielsymptom Insomnie und zum anderen die depressive Verstimmung günstig beeinflussen kann. Es muß allerdings gesagt werden, daß zwischen einer Normalisierung des Schlafes und der Stimmungsaufhellung kein enger Zusammenhang besteht, so daß letztlich die Besserung der Depression relativ unabhängig von dem Ausmaß der Schlafstörung ist.

Schlafstörungen treten auch bei schizophrenen Patienten auf, wenngleich wesentlich seltener als bei Depressiven. Man geht davon aus, daß 30% der schizophrenen Patienten unter Schlafstörungen leiden. Auch bei neurotischen Erkrankungen finden sich häufig Schlafstörungen, insbesondere eine Hyposomnie. Im Gegensatz zu depressiven Patienten, die sehr exakt das Ausmaß ihrer Schlafstörungen einschätzen können, empfinden neurotische Patienten, z. B. bei Angstneurosen oder bei hypochondrischen Neurosen, ihre Schlafstörungen oft intensiver und klagen stärker über dieses Symptom, als es im Schlaflabor erfaßt werden kann.

Situativ bedingte Insomnien

Situativ bedingte Insomnien sind reaktive Schlafstörungen im Zusammenhang mit momentanen Konflikten. Probleme, die tagsüber nicht gelöst werden, drängen in die Nacht hinein. Reaktive Schlafstörungen gehören somit quasi zum normalen Seelenleben. Viele Patienten bedrängen in solchen Situationen den Arzt, ihnen Schlafmittel zu geben, da sie einen hohen Normalitätsanspruch nicht nur bezüglich des Funktionierens während des Tages, sondern auch während der Nacht besitzen und schlafen wollen, auch wenn die Probleme des Tages erdrückend sind. Oft ist es sinnvoller, mit dem Patienten ein entlastendes oder auch aufdeckendes Gespräch zu führen, als ihm Schlafmittel zu verschreiben. Nur wenn es sich um wirkliche Schicksalsschläge handelt, wenn man den Eindruck hat, daß der Patient auch weiterhin an einer Lösung seiner Probleme arbeitet oder ihn die Insomnie zu sehr beeinträchtigt, kann kurzfristig ein Hypnotikum verschrieben werden. Wählt man hierbei ein Benzodiazepin, sollte man den Patienten jedoch darauf hinweisen, daß nach Absetzen eine vorübergehende Rebound-Insomnie eintreten kann.

Idiopathische (primäre) Insomnien

Zu dieser Gruppe von Insomnien gehören Schlafstörungen, bei denen eine organische Ursache nicht erkennbar und eine auslösende Belastung nicht eindeutig eruierbar ist. Oft hat es sich initial bei diesen Schlafstörungen um situative Insomnien gehandelt.

Eine Vielzahl von Untersuchungen hat gezeigt, daß Patienten mit chronischen primären Insomnien häufig abnorme Persönlichkeitsstrukturen aufweisen [8]. Sie neigen zu Depressivität, sind introvertiert und neigen vor allen Dingen dazu, Probleme nicht wahrnehmen und lösen zu wollen. Die starke Verdrängung von Konflikten scheint diese Patienten für Schlafstörungen zu sensibilisieren. Initiale belastende Lebensereignisse wie ehe- oder berufliche Konflikte haben ein erhöhtes vegetatives Erregungsniveau zur Folge, das zu Schlafstörungen führt. Die Schlafstörung wird von den Patienten als besonders leidvoll erlebt und führt zu massiver Angst vor erneuten Schlafstörungen. Dies erhöht das vegetative Erregungsniveau und führt zu einem circulus vitiosus (Abb. 5), der über Jahre aufrechterhalten werden kann.

Die eigentliche Ursache, die vor vielen Jahren dazu geführt hat, daß die Schlafstörung auftrat, ist oft nicht mehr erkennbar. Häufig führt bei diesen Patienten der intermittierende Mißbrauch von Alkohol und Schlafmitteln zu einer weiteren vegetativen Labilisierung und hilft, den Teufelskreis aufrechtzuerhalten.

Diese Patienten sind durch die Gabe kurzwirksamer Benzodiazepine besonders gefährdet. Im Gegensatz zu langwirksamen Benzodiazepinen, unter deren Gabe das Angstniveau während des Tages abnehmen kann, führt der rasche Abfall des Benzodiazepinspiegels bei kurzwirksamen Präparaten häufig dazu, daß durch die Absetz- und Entzugsphänomene das Angstniveau während des Tages noch ansteigt. Diese Ergebnisse einer Studie von *Adam u. Oswald* [1] konnten nicht von allen Autoren bestätigt werden. Bei der Behandlung dieser Patientengruppe sollte man jedoch daran denken, daß durch kurzwirksame Benzodiazepine der Teufelskreis von vegetativer Labilisierung und Schlafstörung weiter aufrechterhalten werden kann.

Pseudoinsomnie

Unter dieser Diagnose werden Patienten zusamengefaßt, die überzeugend und nachvollziehbar über Schlafstörungen klagen und bei der Untersuchung im Schlaflabor ein unauffälliges Polysomnogramm aufweisen, das sich in nichts vom Schlafprofil guter Schläfer unterscheidet [16]. Für das Phänomen der Pseudoinsomnie gibt es mehrere Erklärungsmöglichkeiten. Zum einen könnte es sein, daß diese Gruppe von Patienten gerade im Schlaflabor besonders gut schläft. Sie befinden sich sozusagen in einer paradoxen Situation, in der sie zeigen wollen, wie schlecht ihr Schlaf ist. Dadurch entfällt die Angst vor Schlaflosigkeit in dieser Nacht, was im Sinne einer paradoxen Inten-

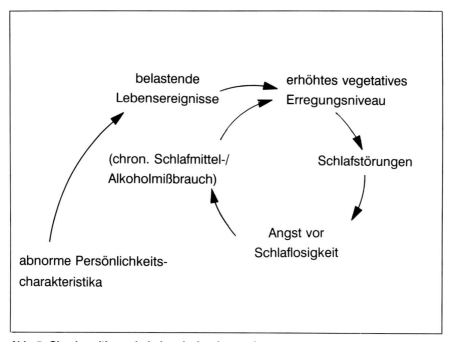

belastende
Lebensereignisse

erhöhtes vegetatives
Erregungsniveau

(chron. Schlafmittel-/
Alkoholmißbrauch)

Schlafstörungen

abnorme Persönlichkeits-
charakteristika

Angst vor
Schlaflosigkeit

Abb. 5: Circulus vitiosus bei chronischer Insomnie.

tion zu ungestörtem Schlaf führen kann [12].

Auf der anderen Seite ist es durchaus möglich, daß viele dieser Patienten trotz unauffälligen Schlafprofils tatsächlich an einer Schlafstörung leiden. Der Schlaf wird bekanntlich nach recht willkürlichen Kriterien (*Rechtschaffen und Kales* [14]) in vier Non-REM- und eine REM-Phase eingeteilt. Möglicherweise übersehen wir bei einer so groben Einteilung Störungen des Schlafprofils, die sich nur mit feineren Nachweismethoden, wie z. B. Frequenzanalysen u. ä., nachweisen ließen. Außerdem ist möglich, daß die Patienten die Schlafstadien 1 und 2, insbesondere wenn sie mit kognitiven Abläufen verbunden sind, nicht als Schlaf erleben.

Bei einigen Patienten mit Pseudoinsomnie ist es allerdings sicherlich so, daß im Rahmen einer hypochondrischen Neurose das Symptom der Schlafstörung so in den Vordergrund gestellt wird, daß kurze Schlafunterbrechungen stark überbewertet werden. Zum anderen ist es häufig bei älteren Patienten so, daß sie nicht akzeptieren, im höheren Lebensalter nicht länger als 6 oder 6^{1}/$_{2}$ Stunden schlafen zu können. Diese Patienten orientieren sich immer noch an der

Vorstellung, sie müßten neun oder zehn Stunden schlafen, wie dies in jüngeren Jahren möglich war. Gerade bei älteren Patienten ist deshalb eine Aufklärung über die realistischerweise zu erwartende Schlafdauer und -qualität von großer Wichtigkeit.

Generell deutet das Problem der Pseudoinsomnie eine Schwierigkeit an, mit der man in der Diagnostik von Schlafstörungen, gerade im Schlaflabor, immer wieder konfrontiert wird. Bei der Beurteilung von Schlafstörungen durch den Patienten spielt die Wahrnehmung des eigenen Schlafes eine sehr große Rolle. Es gibt Patienten, die ein annähernd in-taktes Schlafprofil aufweisen und über ausgeprägte Schlafstörungen klagen, wohingegen viele Patienten trotz objektiv gestörten Schlafprofils ihren Schlaf als befriedigend und ausreichend empfinden. Es besteht also nur eine sehr lose Beziehung zwischen objektiver Schlafpolygraphie und der subjektiven Empfindung des Patienten, ob er seinen Schlaf in Dauer und Qualität als befriedigend erlebt.

Eine Überbewertung objektiver Schlafmaße gegenüber den subjektiven Beschwerden des Patienten birgt damit die Gefahr, den Nöten des Patienten nicht gerecht zu werden.

Literatur

1. **Adam, K., Oswald, I.:** Can a rapidly-eliminated hypnotic cause daytime anxiety. Pharmacopsychiat. 22 (1989) 115–119.
2. **Adamson, J., Burdick, J. A.:** Sleep of dry alcoholics. Arch. gen. Psychiat. 28 (1979) 146–149.
3. **Bonnet, M. H., Webb, W. B., Barnard, G.:** Effect of flurazepam, pentobarbital and caffeine on arousal threshold. Sleep 1 (3) (1979) 271–279.
4. **Borbély, A. A.:** Benzodiazepinhypnotica: Wirkungen und Nachwirkungen von Einzeldosen. In: Hippius, H., Engel, R. R., Laakmann, G. (Hrsg.); Benzodiazipine – Rückblicke und Ausblicke. S. 96–100. Springer, Berlin, Heidelberg 1986.
5. **Coccagna, G., Lugaresi, E.:** Ganznacht-Polygraphien bei Patienten mit schmerzhaften Erkrankungen. Z. EEG EMG 13 (1982) 149–153.
6. **Dicicco, B. S., Cooper, J. N., Waldhorn, R.:** Sleep disorders in medical illness. In: Hall, R.C.W. (Hrsg.): Psychiatric medicine, Vol. 4, 2. Ryandic Publishing Longwood, Fl. 1986.
7. **Johnson, L. C., Burdick, J. A., Smith, J.:** Sleep during alcohol intake and withdrawal in the chronic alcoholic. Arch. gen. Psychiat. 22 (1970) 406–418.
8. **Kales, A. u. Mitarb.:** Biopsychobehavioral correlates of insomnia. II: Pattern specificity and consistency with the Minnesota Multiphasic Personality Inventory. Psychosom. Medicine 45 (4) (1983) 341–356.
9. **Kales, A. u. Mitarb.:** Rebound insomnia and rebound anxiety: A review. Pharmacology 26 (1983) 121–127.
10. **Karacan, I., Thornby, J. I., Auch, A. M.:** Dose-related sleep disturbances induced by coffee and caffeine. Clin. Pharmacol. Ther. 20 (1976) 682–689.
11. **Parkes, J. D.:** Sleep and its disorders. WB Sounders Company, London 1985.
12. **Pena, A. de la, Flickinger, R., Mayfield, D.:** Reverse first-night effect in chronic poor sleepers. In: Chase, M. H., Mitler, M. M.,

Walters, P. L. (Hrsg.): Sleep Research 6 (1977) 6–167.

13. **Peter, J. H. u. Mitarb.**: Sleep apnea activity and general morbidity in a field study. In: Peter, J. H., Podszus, T., von Wichert, P. (Hrsg.); Sleep related disorders and internal diseases. S. 248–253. Springer, Berlin, Heidelberg 1987.

14. **Rechtschaffen, A., Kales, A.** (Hrsg.): A manual of standardized terminology, techniques and scoring system for sleep stages of human subjects. Department of health, Education and Welfare, Washington D.C. 1968.

15. **Soldatos, C. R. u. Mitarb.**: Cigarette smoking associated with sleep difficulty. Science 207 (1980) 551–553.

16. **Trinder, J.**: Subjective insomnia without objective findings: A pseudo diagnostic classification? Psychol. Bull. 103 (1) (1988) 87–94.

17. **Woods, J. H., Katz, J. L., Winger, G.**: Abuse liability of benzodiazepines. Pharmacol. Rev. 39, 4 (1987).

Klinik und Pathophysiologie der Schlaf-Apnoe-Syndrome

J. Behr

Einleitung und Definitionen

Eine *Apnoe* ist definiert als das Sistieren des Atemluftstromes an Mund und Nase für mindestens 10 Sekunden. Während einzelne Apnoephasen im Schlaf als physiologisch anzusehen sind, versteht man unter einem *Schlaf-Apnoe-Syndrom (SAS)* rezidivierende Atempausen, die in Abhängigkeit vom Vigilanzniveau mit einer Frequenz von mindestens 5–10 pro Stunde (= Apnoe-Index) auftreten und faßbare pathophysiologische Auswirkungen haben. Man unterscheidet *zentrale Apnoen,* bei denen infolge fehlender efferenter Impulse aus dem Atemzentrum vorübergehend die gesamte Atemmuskulatur ausfällt, von *obstruktiven Apnoen,* die durch frustrane Atemexkursionen infolge einer Okklusion des Oropharynx charakterisiert sind. Im Falle der *gemischten Apnoe* kommt es zu einer zentralen Atempause, der eine obstruktive Apnoe folgt. Von einer *Hypopnoe* spricht man, wenn die Ventilation gegenüber der normalen Ruheatmung um mindestens 50% reduziert ist.

Das *obstruktive Schlaf-Apnoe-Syndrom (OSAS)* weist neben zahlreichen obstruktiven Apnoe-Phasen (Apnoe-Index >> 10) bei genauer Analyse auch einen mehr oder weniger großen Anteil gemischter Apnoen auf. Rein zentrale Atempausen sind dagegen selten. Besteht zusätzlich eine massive Adipositas und ein verminderter metabolischer Atemantrieb für CO_2 und O_2, so liegt ein *Pickwick-* oder *„Obesitas-Hypoventilations"-Syndrom* vor. Das *zentrale SAS* ist demgegenüber durch ein Überwiegen (deutlich mehr als 50%) zentraler Apnoe-Phasen charakterisiert und insgesamt sehr selten. In Kombination mit einem normalen Körper-Habitus und stark vermindertem oder aufgehobenem metabolischem Atemantrieb für CO_2 und O_2 spricht man von der *primären alveolaren Hypoventilation* bzw. vom *Undine-Fluch-Syndrom.*

Epidemiologie

Die Prävalenz des SAS in der Gesamtbevölkerung wird auf 1 bis 10% geschätzt [25, 42, 48]. 43 bis 59% aller Hypersomnien und 6 bis 29% der Insomnien beruhen auf einem SAS [6, 15]. Die Häufigkeit steigt im Alter mit einem Gipfel zwischen dem 50. und 70. Lebensjahr, sie ist aber auch erhöht bei Patienten mit arterieller Hypertonie (25–30%) oder bei manifester Linksherzinsuffizienz (35–45%) [2, 25, 33, 42, 48].

Auffällig ist ein starkes Überwiegen des männlichen Geschlechts im

Vergleich zu Frauen mit einem Verhältnis von 1:7 bis 1:20 [25, 48]. Ursächlich werden hierfür Unterschiede der Atemregulation und der Anatomie der oberen Atemwege verantwortlich gemacht [28, 48]. Da Frauen ein SAS in der Regel erst post-menopausal entwickeln, werden zusätzliche hormonale Einflüsse vermutet [48]. Hierfür sprechen auch Untersuchungen an männlichen Patienten mit Hypogonadismus, bei denen die Substitution von Testosteron zur Manifestation eines SAS führen kann [40].

Klinisches Bild

Ganz im Vordergrund der klinischen Symptomatik (Tabelle 1) steht die Tagesmüdigkeit und Einschlafneigung, so daß die Patienten oft während normaler Aktivitäten des täglichen Lebens einschlafen. In der Folge kommt es gehäuft zu Unfällen im Straßenverkehr oder am Arbeitsplatz. Die geistige Leistungsfähigkeit, Konzentration und Gedächtnisleistung nehmen ab und auch Persönlichkeitsveränderungen werden beschrieben. Nicht selten führen diese Symptome zu Arbeitsplatzverlust und sozialem Abstieg [25, 43].
Häufig klagen die Patienten über morgendliche Kopfschmerzen sowie über Impotenz und Libidoverlust [25, 43]. Die nächtliche Symptomatik ist gekennzeichnet durch lautes Schnarchen mit fremdanamnestisch eruierbaren Atempausen im Falle des obstruktiven und gemischten SAS. Die

Tabelle 1: Klinik der Schlaf-Apnoe-Syndrome.

Leitsymptome
– Hypersomnolenz
– Atempausen im Schlaf
– lautes Schnarchen (nur obstr. und gemischtes SAS)
– Adipositas (OSAS und Pickwick Syndrom)

Begleiterscheinungen
Allgemein
– verminderte geistige Leistungsfähigkeit
– Persönlichkeitsveränderungen
– motorische Unruhe im Schlaf
– häufiges Erwachen, evtl. Insomnie
– nächtliche Polyurie, selten Enuresis
– verminderte Libido, Impotenz
Kardiovaskulär
– pulmonale Hypertonie, Cor pulmonale
– essentielle Hypertonie
– Herzrhythmusstörungen
– Linksherzinsuffizienz

Patienten schlafen motorisch unruhig, was gelegentlich zum Sturz aus dem Bett führt. Auch Schlaflosigkeit und nächtliches Erwachen, z. T. mit Luftnot, wird von einigen Patienten berichtet.
60–82% der Patienten weisen ein Übergewicht von mehr als 20% ihres Idealgewichts auf. Die körperliche Untersuchung ist ansonsten unergiebig; auf Abnormalitäten im HNO-Bereich (z. B. Nasenseptumdeviation, hypertrophierte Tonsillen usw.) ist zu achten.
In fortgeschrittenen Fällen, insbesondere bei chronischer alveolarer

Hypoventilation, finden sich eine Polyglobulie und die Zeichen des Cor pulmonale mit Rechtsherzinsuffizienz. Lungenfunktionsanalytisch zeigt die Fluß-Volumen-Kurve häufig Veränderungen – „Sägezahn-Zeichen" und verminderte inspiratorische Flüsse [26, 39] – die jedoch eine geringe Spezifität aufweisen [25, 26]. Die arteriellen Blutgase sind im Wachzustand häufig normal, in schweren Fällen besteht eine respiratorische Globalinsuffizienz und Acidose (= alveolare Hypoventilation). Nicht selten führen Begleiterkrankungen, wie die arterielle Hypertonie oder Herzrhythmusstörungen den Patienten erstmals zum Arzt.

Diagnostik

In ausgeprägten Fällen läßt sich die Diagnose bereits klinisch stellen. Zur Diagnosesicherung kann hier ein Screening-Test zur Objektivierung und Dokumentation der Apnoephasen ausreichen. Die *American Thoracic Society* empfiehlt für Screening-Tests am Tage eine Dauer von 2 bis 4 Stunden [1]. Grundsätzlich sind verschiedene Meßanordnungen geeignet, wobei bereits eine kontinuierliche, transkutane Messung der O_2-Sättigung ausreichen kann. In unserem Labor dient ein Massenspektrometer zur Registrierung des Atemluftstromes anhand der O_2- und CO_2-Konzentrationsänderungen in der In- und Exspirationsluft. Die Blutgassituation wird durch transkutane Messung des pO_2 und pCO_2 kontinuierlich aufgezeichnet (Abb. 1). Wenngleich die Sensitivität und Spezifität derartiger Screening-Tests bisher nicht gesichert ist, können sie eine Entscheidungshilfe bei der Indikation zur wesentlich aufwendigeren Polysomnographie liefern. Dies gilt auch für die inzwischen verfügbaren ambulanten Monitoringsysteme [1].

Ergänzend kann die Hypersomnolenz durch Bestimmung der Schlaflatenz unter elektroenzephalographischer Kontrolle objektiviert werden [43].

Eine Polysomnographie – möglichst während zweier aufeinanderfolgender Nächte – ist erforderlich zum definitiven Ausschluß eines SAS, zur Beurteilung des Schweregrades, zur Quantifizierung des Anteils obstruktiver, gemischter und zentraler Apnoen sowie zur Überprüfung des Therapieerfolges (Abb. 2; S. 37) [1, 25, 43].

Zusätzlich ist der Ausschluß einer metabolischen Atemregulationsstörung mittels CO_2-Stimulationstest und eventuell Hypoxie-Versuch erforderlich. Der hyperkapnische Atemantrieb ist bei Patienten mit OSAS in der Regel normal oder allenfalls gering vermindert, sofern keine chronische Hypoventilation vorliegt [25, 36]. Das Pickwick-Syndrom und die primäre alveolare Hypoventilation zeigen dagegen eine deutlich verminderte oder weitgehend aufgehobene CO_2- und Hypoxie-Antwort [3, 11, 37] (Abb. 3; S. 38).

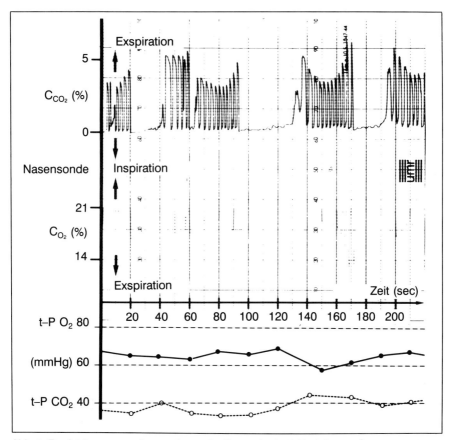

Abb. 1: Registrierung von Apnoephasen im Screeningtest: Drei Apnoephasen von 20–40 Sekunden Dauer, erkennbar am Sistieren des massenspektrometrisch erfaßten Atemluftstromes. Mit einer gerätebedingten Latenz von ca. 30 Sekunden kommt es zu einem Abfall des transkutan gemessenen pO_2 und Anstieg des pCO_2.

Pathophysiologie

Der obstruktiven Apnoe liegt ein Verschluß der oberen Atemwege, meist im Oropharynx, zugrunde, der infolge des Unterdrucks in diesem Bereich während der Inspiration auftritt. Zwei Faktoren begünstigen die Okklusion des Pharynx: 1. Der verminderte Muskeltonus der Pharynxwand, 2. Der erhöhte Widerstand der oberen Atemwege mit der Folge verstärkter Unterdrucke während der Inspiration [25, 38, 49].

Unter physiologischen Bedingungen besteht ein Gleichgewicht zwischen dem Inspirationssog und der pharyngealen Wandsteifigkeit, die

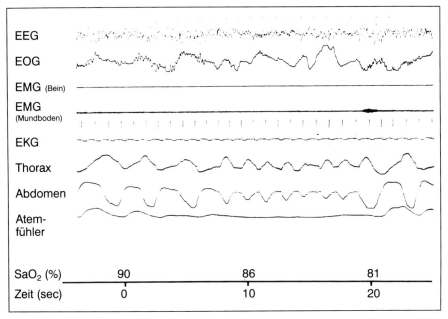

Abb. 2: Polysomnographische Registrierung einer obstruktiven Apnoephase im REM-Schlaf: Deutlich erkennbar ist das Sistieren des Atemluftstromes (Atemfühler) trotz fortgesetzter Atemexkursionen von Thorax und Abdomen. Parallel fällt die transkutan gemessene Sauerstoffsättigung ab.

aufgrund fehlender knöcherner oder knorpeliger Strukturen vom herrschenden Muskeltonus abhängt. Da sowohl die Inspirations- als auch die Pharynx-Muskulatur atemsynchrone Impulse aus dem Atemzentrum erhalten, weist die Störung dieses Gleichgewichts auf einen latenten Defekt im Atemzentrum hin [25, 38, 49], der sich bei Abnahme des Vigilanzniveaus, vor allem in der Einschlafphase (Stadien I und II des non-REM-Schlafes) und während des REM-Schlafes manifestiert [49]. Auch der bei einem Teil der Patienten verminderte metabolische Atemantrieb, der sich nach Korrektur des

SAS nicht völlig normalisiert, deutet in diesem Zusammenhang auf eine Störung des Atemzentrums hin [4, 9, 27, 37]. Von großer Bedeutung für die Entwicklung obstruktiver Apnoephasen ist die Weite der oberen Atemwege, da jede Einengung in diesem Bereich – sei es durch Weichteilvermehrung im Pharynx oder durch Behinderung der Nasenatmung – den inspiratorischen Unterdruck verstärkt und so die Okklusion begünstigt [25, 49].

Die zentrale Apnoe stellt dagegen einen vorübergehenden Verlust des Atemantriebs und des Atemrhythmus dar, dessen Genese meist unge-

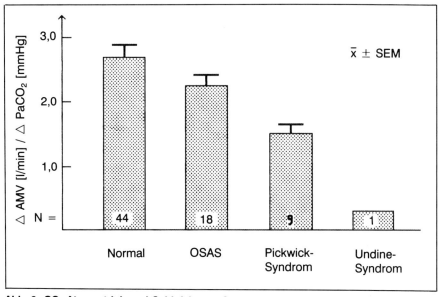

Abb. 3: CO_2-Atemantrieb und Schlaf-Apnoe-Syndrom. Im Vergleich zu Normalpersonen [21] ist der CO_2-Atem-Antrieb bei 10 Patienten mit polysomnographisch gesichertem OSAS nur gering, bei 9 Pickwick-Patienten [11] dagegen deutlich vermindert und bei einem Patienten mit primärer alveolarer Hypoventilation nahezu aufgehoben [3].

klärt bleibt [31, 47]. Da zentrale Apnoen im Rahmen entzündlicher, traumatischer, degenerativer und zirkulatorischer Schädigungen des Stammhirns beobachtet wurden, erscheint ein primärer, bisher nicht näher definierter Defekt des Atemzentrums wahrscheinlich [3, 47].

Folgeerscheinungen

Die pathophysiologischen Auswirkungen und das daraus resultiernde klinische Bild der Schlaf-Apnoe-Syndrome lassen sich weitgehend durch die rezidivierende nächtliche Hypoxämie erklären.

Die zunehmende Hypoxämie während jeder Apnoephase triggert eine Weckreaktion *(arousal)*, die den normalen Ablauf der Schlafstadien unterbricht. Die resultierende Schlaf-Fragmentation ist für die Hypersomnolenz und partiell auch für die verminderte zerebrale Leistungsfähigkeit der Patienten verantwortlich [25, 41]. Die alveolare Hypoxie führt durch Aktivierung des von Euler-Liljestrand-Reflexes zur pulmonal-arteriellen Vasokonstriktion und so zunächst zu einer passageren, später und in schweren Fällen irreversiblen pulmonalen Hypertonie mit Entwicklung eines Cor pulmonale. Hiervon sind insbesondere auch Patienten betroffen, bei denen zusätzlich eine chronisch-obstruktive Bronchopneu-mopathie besteht [25, 34, 41].

Auf Grund der häufigen Verge-sellschaftung von SAS und essentiel-ler Hypertonie wird ein kausaler Zu-sammenhang diskutiert, zumal der systemische Blutdruck im Verlauf ei-ner Apnoe um 20–30 mmHg ansteigt. Auf welche Weise sich daraus ein permanenter Bluthochdruck entwik-kelt, bleibt jedoch offen [25, 33, 41, 42]. Die Hypoxämie wird darüber hinaus mit Herzrhythmusstörungen von ventrikulären Extrasystolien bis hin zu höhergradigen AV-Blockie-rungen sowie sinuatrialen Blockbil-dern mit Asystolien in Zusammen-hang gebracht [5, 41]. Die während der Apnoe häufig zu beobachtende Sinusbradykardie beruht dagegen in erster Linie auf vagalen Reflexen [25]. Übereinstimmend mit eigenen Beobachtungen wurde die Manife-station eines SAS bei Linksherzinsuf-fizienz beschrieben, welches nach Rekompensation der Herzinsuffi-zienz reversibel war [2].

In Korrelation mit der nächtlichen Hypoxämie wurde ein Abfall der Plasma-Testosteron-Konzentration beobachtet, der die sexuellen Dys-funktionen der Patienten erklären könnte. Infolge der Schlaf-Fragmen-tation kommt es darüber hinaus zu einer verminderten Freisetzung von Wachstumshormon, dessen Sekre-tion an den tiefen non-REM-Schlaf gekoppelt ist. Ein Mangel an diesem lipolytischen Hormon könnte zur Entwicklung einer Adipositas beitra-gen [25]. Die morgendlichen Kopf-schmerzen dieser Patienten sind wahrscheinlich Folge der nächtlichen Hyperkapnie mit zerebraler Vasodi-latation.

Assoziierte Erkrankungen und Differentialdiagnose

Anatomische Anomalien der obe-ren Luftwege können entsprechend der zugrundeliegenden Pathophysio-logie ein SAS auslösen. Die Verän-derungen können angeboren (z. B. Mikrognathie) oder erworben sein, im Rahmen traumatischer, degenera-tiver, entzündlicher oder tumoröser Erkrankungen [25, 49]. Eine gründ-liche HNO-ärztliche Untersuchung ist daher bei SAS-Patienten unab-dingbar.

Aus dem Bereich der Endokrino-logie sind vor allem die Hypothyreose und die Akromegalie als mögliche Mitursachen des SAS beschrieben [10, 25, 49].

Zahlreiche neurologische Krank-heitsbilder können die neuromusku-läre Kontrolle der Atmung stören und so ein SAS auslösen. Unter an-derem wurde ein Schlaf-Apnoe-Syn-drom bei myotoner Muskeldystro-phie [44], Syringomyelie [18], Shy-Drager-Syndrom [17], Poliomyelitis [20] und im Rahmen der diabeti-schen Polyneuropathie [29] beschrie-ben.

Es ist bekannt, daß Patienten mit pulmonalen Erkrankungen – chro-nisch-obstruktive Bronchopneumo-pathie (COBP), Lungenfribrose, Mu-koviszidose usw. – nächtliche Abfälle des arteriellen pO_2 aufweisen, die ihr Maximum (15–20 mmHg) im REM-Schlaf erreichen [7]. Das kombinierte Auftreten von COBP und OSAS ist aber entgegen anfänglicher Vermutungen [16] *nicht* überzufällig gehäuft [7, 25], es ist allerdings besonders ungünstig in Hinblick auf die Entwicklung eines Cor pulmonale [41].

Auf die häufige Assoziation des SAS mit kardiovaskulären Erkrankungen wurde bereits hingewiesen.

Eine echte Differentialdiagnose zum SAS stellt die Narkolepsie dar. Sie zeichnet sich durch charakteristische Zusatzsymptome – Kataplexie, Wachanfälle, hypnagoge Halluzinationen – aus, die eine klinische Abgrenzung erlauben. Zusätzlich zu der stark verkürzten Schlaflatenz sind – neben anderen elektroezephalographischen Phänomenen – REM-Schlafphasen unmittelbar nach dem Einschlafen (*sleep-onset REM*) charakteristisch [24].

Therapie (Tabelle 2)

Im Falle des OSAS steht an erster Stelle die Reduktion des Übergewichts und die Eliminierung verstärkender Faktoren – insbesondere Alkohol und sedierende Medikamente (in erster Linie Benzodiazepine) [10, 25]. Auch eine einfache Änderung der Schlafposition von Rücken- in Seitenlage ist in einigen Fällen erfolgreich [35]. In der Regel bewirken diese Allgemeinmaßnahmen jedoch nur eine Verminderung des Apnoe-Index, sie können die Apnoephasen aber nicht eliminieren.

Tabelle 2: Therapie der Schlaf-Apnoe-Syndrome.

Allgemeinmaßnahmen
– Gewichtsreduktion – kein Alkoholkonsum – keine sedierenden Medikamente
Medikamente
Geringe Effekte nachgewiesen: – Protriptylin – Almitrin, Doxapram – Progesteron → Langzeiterfolge kaum zu erwarten
Mechanische Verfahren
– Haltevorrichtungen für die Zunge und nasopharyngeale Tuben werden schlecht toleriert – nasale Continuous Positive Airway Pressure Beatmung (CPAP) → Therapie der Wahl bei OSAS – nasale Intermittent Positive Pressure Ventilation (IPPV) → Alternative zur Sauerstofftherapie bei primärer alveolarer Hypoventilation
Chirurgie
– Tracheostomie → nur als ultima ratio in schwersten, therapieresistenten Fällen – Uvulopalatopharyngoplastik (UPPP) → nur ca. 50% Erfolgsquote bei unselektioniertem Krankengut (OSAS), z. T. noch deutlich geringer [46] – andere Verfahren nur in Abhängigkeit vom Lokalbefund

Medikamentöse Therapie

Trizyklische Antidepressiva können die Zahl der Apnoephasen reduzieren, da sie den REM-Schlaf unterdrücken, der eine besonders hohe Apnoe-Frequenz aufweist. Protriptylin besitzt zusätzlich einen tonisierenden Effekt auf die Schlundmuskulatur, so daß auch die Apnoe-Frequenz im non-REM-Schlaf abnimmt [10].

Almitrin und Doxapram sind Stimulatoren der peripheren Chemorezeptoren im Glomus caroticum. Sie führen zu einer Verkürzung der Apnoephasen, ohne deren Zahl zu vermindern, wahrscheinlich weil die Hypoxie-bedingte Weckreaktion früher einsetzt [10, 25].

Für Progesteron, ein zentrales Atemanaleptikum, ist eine Verbesserung der Blutgassituation bei Pickwick-Patienten mit chronischer Hypoventilation beschrieben, während die meisten Studien keinen positiven Effekt auf die Schlaf-Apnoephasen nachweisen konnten [10, 25].

Insgesamt ist der therapeutische Nutzen der bisher aufgeführten Medikamente als nicht ausreichend anzusehen, da allenfalls eine geringe Besserung des SAS zu erzielen ist mit fraglichem Langzeiterfolg.

Für zahlreiche weitere Medikamente – Acetazolamid, Betablocker, Bromocriptin, Naloxon, Theophyllin, u. a. – liegen negative oder widersprüchliche Befunde vor, so daß ihr Einsatz nicht generell empfohlen werden kann [10, 25].

Mechanische Therapieverfahren

Unter der Vorstellung, den Kollaps der oberen Atemwege mecha-nisch zu verhindern, wurden Haltevorrichtungen für die Zunge und Tuben entwickelt, die in erster Linie ein Zurücksinken der Zunge verhindern sollen. Diese Verfahren werden aber oft nur von wenigen Patienten toleriert [10, 25, 30].

Für das OSAS besteht die Therapie der Wahl nach heutigem Kenntnisstand in der kontinuierlichen Applikation eines Überdrucks von 5 bis 15 cm H_2O während des Schlafes mittels einer Nasenmaske (continuous positive airway pressure, CPAP). Seit der Erstbeschreibung durch *Sullivan u. Mitarb.* [45] wurde die Effektivität und zumeist gute Akzeptanz der Methode von zahlreichen Arbeitsgruppen bestätigt [10, 25]. Sie läßt sich bei den meisten Patienten einsetzen, ist in der Lage, nahezu alle obstruktiven und auch einen Teil der zentralen [18] Apnoephasen zu eliminieren, und sie führt so in kurzer Zeit zu einer Reduktion der klinischen Symptomatik. Die Wirkung beruht vor allem auf einer „pneumatischen Schienung" der oberen Atemwege, wodurch der inspiratorische Kollaps des Pharynx verhindert wird. Unerwünschte pulmonale oder hämodynamische Effekte wurden bisher nicht beobachtet. Abgesehen von den Unbequemlichkeiten durch das Tragen der Nasenmaske wurden lediglich Konjunktividen und Schwellung bzw. Trockenheit der Nasenschleimhaut als Nebenwirkungen beschrieben. Der erhöhte exspiratorische Widerstand des Systems kann allerdings bei manchen Patienten zu einer Hypoventilation mit Hypoxämie führen [25], so daß ein möglichst geringer exspiratorischer Widerstand angestrebt werden muß.

Sauerstofftherapie

Die Sauerstoffgabe kann im Falle des OSAS zu einer Verlängerung der Apnoephasen mit Zunahme der Hyperkapnie führen und kann daher nicht kritiklos empfohlen werden, wenngleich langfristig positive Effekte auf die Oxygenierung sowie auf zentrale und gemischte Apnoephasen gezeigt wurden [10, 25].

Die primäre alveolare Hypoventilation spricht bei einem Teil der Patienten auf Sauerstoffgabe an. Medikamentöse Therapieversuche sind bei dieser Erkrankung meist erfolglos. Als ultima ratio stehen die intermittierende Überdruckbeatmung [8] und die elektrische Zwerchfellstimulation mittels implantierter Elektroden zur Verfügung [12], wobei nicht selten eine zusätzliche Tracheostomie erforderlich wird, da die abrupte Zwerchfellkontraktion obstruktive Apnoen auslösen kann [22].

Chirurgische Therapie

Ein sicher effektives Therapieverfahren bei OSAS-Patienten ist die Tracheostomie, da sie die oberen Atemwege komplett aus dem Atemvorgang ausschaltet. Sie ist jedoch durch zahlreiche Komplikationen sowie durch sprachliche und soziale Probleme belastet, so daß sie nur in schwersten, invalidisierenden und therapieresistenten Erkrankungsfällen indiziert ist [10]. Andere chirurgische Verfahren sind nur bei Nachweis relevanter anatomischer Einengungen der oberen Atemwege, z. B. durch Retrognathie, Tonsillenhypertrophie, Nasenseptumdeviation usw., indiziert. Dies gilt insbesondere auch für die Uvulopalatopharyngoplastik (UPPP), die eine Effektivität – je nach Selektionierung der Patienten – von lediglich 30 bis 60% [25] zum Teil auch deutlich weniger [46], aufweist.

Prognose

Patienten mit SAS weisen unzweifelhaft eine erhöhte kardiovaskuläre Morbidität auf. Hinsichtlich der Mortalität liegen jedoch widersprüchliche Befunde aus retrospektiven Studien vor [13, 14, 19]. In einer prospektiven Studie allerdings wiesen OSAS-Patienten, die tracheostomiert wurden, eine deutlich geringere Mortalität auf als konservativ, mittels Gewichtsreduktion, behandelte Patienten [32]. Auch eine der retrospektiven Untersuchungen [19] konnte eine erhöhte Mortalität in einer Untergruppe nachweisen, die unter Therapie mit nCPAP oder Tracheostomie, nicht aber mit Uvulopalatopharyngoplastik, signifikant geringer war. Insgesamt ermutigen die vorliegenden Daten, bei SAS-Patienten eine rechtzeitige und vor allem effektive Behandlung durchzuführen.

Literatur

1. **American Thoracic Society,** Medical Section of the American lung Association: Indications and standards for cardiopulmonary sleep studies. Amer. Rev. resp. Dis. 139 (1989) 559–568.
2. **Baylor, P. u. Mitarb.:** Cardiac failure presenting as sleep apnea. Chest 94 (1988) 1298–1300.
3. **Behr, J. u. Mitarb.:** 40jähriger Patient mit progredienter Leistungsminderung und cor pulmonale. Internist 29 (1988) 828–832.
4. **Berthon-Jones, M., Sullivan, C. E.:** Time course of change in ventilatory response to CO_2 with long-term CPAP therapy for obstructive sleep apnea. Amer. Rev. resp. Dis. 135 (1987) 144–147.
5. **Blom-Audorf u. Mitarb.:** Nächtliche Herzrhythmustörungen bei Schlafapnoe-Syndrom. Dtsch. Med. Wschr. 109 (1984) 853–856.
6. **Coleman, R. M. u. Mitarb.:** Sleep wake disordes based on a polysomnographic diagnosis. A national cooperative study. J. Amer. med. Assoc. 247 (1982) 997–1003.
7. **Douglas, N. J.:** Breathing during sleep in patients with respiratory disease. Seminars in respiratory Medicine 9 (1988) 586–593.
8. **Ellis, E. R. u. Mitarb.:** Treatment of respiratory failure during sleep in patients with neuromuscular disease. Positive pressure ventilation through a nose mask. Amer. Rev. resp. Dis. 135 (1987) 148–152.
9. **Garay, S. M. u. Mitarb.:** Regulation of ventilation in the obstructive sleep apnea syndrome. Amer. Rev. resp. Dis. 124 (1981) 451–457.
10. **George, C., Kryger, M.:** Management of sleep apnea. Seminars in Respiratory Medicine 9 (1988) 569–576.
11. **Geisler, L., Herberg, H., Schönthal, H.:** CO_2-Antwortkurven bei Patienten mit Pickwick-Syndrom. Verh. Dtsch. Ges. Inn. Med. 73 (1967) 864–866.
12. **Glenn, W. W. L. u. Mitarb.:** Twenty years experience in phrenic nerve stimulation to pace the diaphragm. Pace 9 (1986) 780–784.
13. **Gonzalez-Rothi, R. J., Block, A. J.:** Mortality and sleep apnea. Chest 94 (1988) 678–679.
14. **Gonzalez-Rothi, R. J., Foresman, G. A., Block, A. J.:** Do patients with sleep apnea die in their sleep? Chest 94 (1988) 531–538.
15. **Guilleminault, C., Dement, W. C., Holland, J. V.:** Sleep apnea and sleep disturbances. In: Koella, W. P., Levin, P. (Hrsg.): Sleep 1974, 2nd European Congress on Sleep Research. S. 447–450. Karger, Basel 1975.
16. **Guilleminault, C., Cummiskey, J., Dement, W. C.:** Sleep apnea syndromes: recent advances. Advanc. intern. Med. 26 (1980) 347–372.
17. **Guilleminault, C. u. Mitarb.:** The impact of automatic nervous system dysfunction on breathing during sleep. Sleep 4 (1981) 263–278.
18. **Haponik, E. F., Givens, D., Angelo, J.:** Syringobulbia-myelia with obstructive sleep apnea. Neurology 33 (1983) 1046–1049.
19. **He, J. u. Mitarb.:** Mortality and apnea index in obstructive sleep apnea. Chest 94 (1988) 9–14.
20. **Hill, R. u. Mitarb.:** Sleep apnea syndrome after poliomyelitis. Amer. Rev. resp. Dis. 127 (1983) 129–131.
21. **Hirshman, C. A., McCullough, R. E., Weil, J. V.:** Normal values for hypoxic and hypercapnic ventilatory drives in man. J. appl. Physiol. 38 (1975) 1095–1098.
22. **Hyland, R. H. u. Mitarb.:** Upper airway occlusion induced by diaphragm pacing for primary alveolar hypoventilation: implications for the pathogenesis of obstructive sleep apnea. Amer. Rev. resp. Dis. 124 (1981) 180–185.
23. **Issa, F. G., Sullivan, C. E.:** Reversal of central sleep apnea using nasal CPAP. Chest 90 (1986) 165–171.
24. **Kales, A., Vela-Bueno, A., Kales, J. D.:** Sleep disordes: sleep apnea and narcolepsy. Ann. intern. Med. 106 (1987) 434–443.
25. **Krieger, J.:** Sleep apnoea syndromes in adults. Bull. europ. Physiopath. resp. 22 (1986) 147–189.

26. **Krieger, J. u. Mitarb.**: Flow-volume curve abnormalities and obstructive sleep apnea syndrome. Chest 87 (1985) 163–167.

27. **Kunitomo, F. u. Mitarb.**: Abnormal breathing during sleep and chemical control of breathing during wakefulness in patients with sleep apnea syndrome. Amer. Rev. resp. Dis. 139 (1989) 164–169.

28. **Leech, J. A. u. Mitarb.**: A comparison of men and women with occlusive sleep apnea syndrome. Chest 94 (1988) 983–988.

29. **Mondini, S., Guilleminault, C.**: Abnormal breathing during sleep in diabetes. Ann. Neurol. 17 (1985) 391–395.

30. **Nahmias, J. S., Karetzky, M. S.**: Treatment of the obstructive sleep apnea syndrome using a nasopharyngeal tube. Chest 94 (1988) 1142–1147.

31. **Önal, E.**: Central sleep apnea. Seminars in Respiratory Medicine 9 (1988) 547–553.

32. **Partinen, M., Jamieson, A., Guilleminault, C.**: Long-term outcome for obstructive sleep apnea syndrome patients. Chest 94 (1988) 1200–1204.

33. **Peter, J. H.**: Hat jeder dritte Patient mit essentieller Hypertonie ein undiagnostiziertes Schlafapnoe-Syndrom? Dtsch. Med. Wschr. 111 (1986) 556–559.

34. **Podszus, T. u. Mitarb.**: Sleep apnea and pulmonary hypertension. Klin. Wschr. 64 (1986) 131–134.

35. **Phillips, B. A. u. Mitarb.**: Effect of sleep position on sleep apnea and parafunctional activity. Chest 90 (1986) 424–429.

36. **Rajagopal, K. R., Abbrecht, P. H., Tellis, C. J.**: Control of breathing in obstructive sleep apnea. Chest 85 (1984) 174–180.

37. **Rapoport, D. M. u. Mitarb.**: Hypercapnia in the obstructive sleep apnea syndrome. Chest 89 (1986) 627–635.

38. **Remmers, J. E. u. Mitarb.**: Pathogenesis of upper airway occlusion during sleep. J. appl. Physiol. 44 (1978) 931–938.

39. **Riley, R. u. Mitarb.**: Cephalometric analyses and flow-volume loops in obstructive sleep apnea patients. Sleep 6 (1983) 303–311.

40. **Sandblom, R. u. Mitarb.**: Obstructive sleep apnea syndrome induced by testosterone administration. New Engl. J. Med. 308 (1983) 508–510.

41. **Shepard, J. W. jr.**: Physiologic and clinical consequences of sleep apnea. Seminars in Respiratory Medicine 9 (1988) 560–568.

42. **Siegrist, J., Peter, J. H.**: Schlafstörungen und kardiovaskuläres Risiko. Med. Klin. 81 (1986) 429–432.

43. **Smith, P. L.**: Evaluation of patients with sleep disorders. Seminars in Respiratory Medicine 9 (1988) 534–539.

44. **Striano, S. u. Mitarb.**: Sleep apnea in Thomsen's disease. Electroenceph. clin. Neurophysiol. 56 (1983) 323–325.

45. **Sullivan, C. E., Berthon-Jones, M., Issa, F. G.**: Reversal of obstructive sleep apnea by continuous positive airway pressure applied through the nares. Lancet 1 (1981) 862–865.

46. **Walker, E. B. u. Mitarb.**: Uvulopalatopharyngoplasty in severe idiopathioc obstructive sleep apnea syndrome. Thorax 44 (1989) 205–208.

47. **White, D. P.**: Central sleep apnea. Med. Clin. N. Amer. 69 (1985) 1205–1219.

48. **White, D. P.**: Disorders of breathing during sleep: introduction, epidemiology, and incidence. Seminars in Respiratory Medicine 9 (1988) 529–533.

49. **Wiegand, L., Zwillich, C. W.**: Pathogenesis of sleep apnea: role of the pharynx. Seminars in Respiratory Medicine 9 (1988) 540–546.

Pharmaka zur Therapie von Schlafstörungen

W. Forth

Die Lehrmeinungen zur zentralnervösen Steuerung von Wachsein und Schlafen sind bekannt: Von der Formatio reticularis gehen aktivierende Einflüsse auf die übergeordneten Zentren aus, die Attenz und Wachsein fördern. Dieses Wachsystem steht unter einer wechselseitigen Beziehung mit den Raphé nuclei, in denen das Schlafsystem vermutet wird. Vom limbischen System aus dürften je nach der emotionalen Stimmungslage aktivierende Einflüsse auf das Wachsystem der Formatio reticularis ausgehen. Alle Pharmaka, die in der Lage sind, das Wachsystem in der Formatio reticularis zu dämpfen, können, je nach dem Ausgangszustand der Aktivitätsgleichgewichte aller beteiligten zentralnervösen Systeme, Sedierung und Schlaf einleiten. Angesichts der täglichen Erfahrung von Schlaf- und Wachzustand verwundert es nicht, daß hier Rhythmen der Aktivität existieren, die selbstverständlich Auswirkungen auf die Pharmakaeffekte zeigen: Um Schlaf am frühen Vormittag zu erzwingen, sind höhere Dosen eines Schlafmittels notwendig als für die Erzeugung einer Sedation oder einer schlafmachenden Wirkung am Abend oder in der ersten Hälfte der Nacht.

Schlafmittel

Bei Schlafmitteln werden narkotisch und nicht-narkotisch wirksame Arzneistoffe unterschieden. Bei den letzteren bleiben im Unterschied zu den erstgenannten die Stell- und Haltereflexe erhalten.

Zu den *narkotisch* wirksamen Stoffen sind die Barbitursäure-Derivate (Diureide), die Harnstoff-Derivate (Monoureide), die Piperindion- und Chinazolon-Derivate sowie Chloralhydrat und Paraldehyd zu zählen. Unter den Aspekten des Pharmakologen sind alle diese Stoffe mit einem erhöhten Gefährdungspotential verbunden, weil sie mißbräuchlich angewandt lebensbedrohliche Wirkungen entfalten können. Es leuchtet ein, daß bei allfälligen Vergiftungen mit narkotisch wirksamen Präparaten Todesgefahr besteht. Die Vergiftungszentralen bestätigen dementsprechend weltweit, daß derartige Stoffe oft suizidal mißbraucht werden.

Tranquillanzien und Sedativa

Hier stehen vor allen Dingen die Benzodiazepine mit kürzeren Halbwertszeiten im Vordergrund des Interesses. Sie werden zu den *nicht-nar-*

kotisch wirksamen Schlafmitteln gerechnet. Ihr besonderer Vorteil wird unter pharmakologischen Gesichtspunkten darin gesehen, daß selbst bei höchsten Dosen, die in suizidaler Absicht eingenommen worden sind, die Zeit zu einer intensiven Vergiftungsbehandlung in der Regel ausreicht, um den Betroffenen am Leben zu erhalten. Voraussetzung dafür ist natürlich, daß zusätzliche ungünstige Faktoren, wie Unterkühlung oder Sauerstoffmangel, die in der Regel die eigentliche Todesursache, auch bei der Einnahme narkotisch wirksamer Schlafmittel, darstellen, nicht hinzutreten. Die Wirkung der Benzodiazepine wird an den GABAergen Neuronen des limbischen Systems vermutet, an denen eine Steigerung der GABAergen Aktivität durch Benzodiazepine verursacht wird. GABA ist im ZNS *der* inhibierende Transmitter. Dementsprechend wird die Benzodiazepin-Wirkung mit einer Minderung der aktivierenden Einflüsse des limbischen Systems auf das Wachsystem der Formatio reticularis durch die GABAergen Hemmwirkungen interpretiert. Der Pharmakologe empfiehlt Benzodiazepine als Schlafmittel aus der Reihe derjeniger Stoffe, die kürzere Halbwertszeiten haben, wie Triazolam (2–5 Stunden) oder Temazepam (5–8 Stunden). Außerdem haben die beiden Verbindungen den großen Vorteil, daß intermediär gebildete Metaboliten der Benzodiazepine mit sedierender und schlafmachender Wirkung so gut wie keine

Rolle spielen. Es ist zu bedenken, daß beispielsweise Flurazepam zwar nur eine Halbwertszeit von 2 Stunden hat, die dann aber gebildeten pharmakologisch aktiven Metaboliten 30 Stunden und länger im Organismus wirken können! Nitrazepam und Flunitrazepam sind mit Halbwertszeiten zwischen 10 und 20 bzw. 20 und 48 Stunden nicht einmal als Durchschlafmittel zu empfehlen, weil der „Hang-over" auf der Hand liegt.

Ein Benzodiazepin mit einer längeren Halbwertszeit, das als Schlafmittel geeignet erscheint, ist Lormetazepam (13 Stunden). Seiner sollte man sich erinnern, wenn es darum geht, ein Benzodiazepin als Durchschlafmittel einzusetzen.

Antihistaminika

Antihistaminika finden in den Augen der Pharmakologen ihrer ebenfalls erwiesenen Ungefährlichkeit wegen immer Gnade. Die zentral sedierende Komponente ist bei den Antihistaminika zunächst als mehr oder weniger unerwünschte Wirkung beobachtet worden. Da es sich um ältere Präparate handelt, nimmt es nicht weiter wunder, daß ihr Wirkungsmechanismus nie näher aufgeklärt wurde. Möglicherweise liegt eine allgemeine Membranwirkung vor, wie sie auch den Barbituraten zukommt und das ZNS mehr oder weniger gleichmäßig beeinflußt. Eine Reihe von Antihistaminika wird für die eigentlichen histaminblockierenden Wirkungen gar nicht mehr angewandt, sondern nur noch als Schlafmittel benutzt. Hierzu gehört z. B. Diphenhydramin oder Doxylamin, die beide nicht rezeptpflichtig sind. Als Sedativum ist außerdem bewährt Promethazin (verschreibungspflichtig), dessen sedierende Wirkungen auch bei außergewöhnlichen Fällen, wie bei der Behandlung der erethischen Phase des Alkoholdelirs oder der problematischen Sedierung des Kleinkindes, schon lange bekannt sind.

Choralhydrat und Paraldehyd

Chloralhydrat ist als halogenierter Kohlenwasserstoff keine ungefährliche Verbindung. Herzrhythmusstörungen gelten von vornherein als Kontraindikation; schließlich können, wie durch andere halogenierte Kohlenwasserstoffe, Sensibilisierungen des kardialen Reizleitungssystems gegenüber Katecholaminen ausgelöst werden. Außerdem ist der Stoffwechsel des Chloralhydrats nicht unproblematisch. Aus dem Chloralhydrat wird das eigentlich wirksame Trichlorethanol gebildet, das glukuronidiert und ausgeschieden werden kann. Die Halbwertszeit von Trichlorethanol liegt in der Größenordnung von 6–10 Stunden. Aus Chloralhydrat wird aber auch Trichloressigsäure gebildet, die sich vor allem bei wiederholter Anwendung im Organismus ansammelt. Die Halbwertszeit ihrer Ausscheidung muß nach Tagen berechnet werden! Trichlorethanol wird zum Teil auch durch die Alkoholdehydrogenase metabolisiert. Deshalb ist nicht verwunderlich, daß Chloralhydrat und Alkohol in ihrer Wirkung einander verstärken können.

Paraldehyd wird vorzugsweise oral angewandt. Die parenterale Applikation ist schmerzhaft. In der Regel entwickeln die Patienten einen starken Widerwillen gegen das stechend riechende und schleimhautreizende Medikament. Paraldehyd wird besonders bei bestimmten Erregungszuständen während der Alkoholentziehung, bei Eklampsie, bei Tetanus und bei Intoxikationen mit Krampfgiften als bevorzugtes Sedativum eingesetzt. Der Vorteil von Paraldehyd liegt darin, daß ein Teil der Substanz, ca. 20%, über die Lungen exhaliert werden kann. Bei intakter Leberfunktion wird der Rest durch Alkoholdehydrogenase zu Kohlendioxid und Wasser abgebaut. Dies erlaubt auch bei niereninsuffizienten Patienten eine Sedierung. Es liegt auf der Hand, daß die Anwendung von Disulfiram kontraindiziert ist. Schließlich ist damit zu rechnen, daß Alkohol und Paraldehyd einander in der Wirkung verstärken.

Für beide Stoffe, Chloralhydrat wie Paraldehyd, sind Suchtfälle bekannt.

Sucht und Mißbrauch

Selbstverständlich muß bei der Indikation von Schlafmitteln immer das Mißbrauchspotential der einzelnen Stoffe berücksichtigt werden. Auf der einen Seite kann natürlich die Grenzziehung nicht dort akzeptiert werden, wo einer verhältnismäßig kleinen Gruppe zu Mißbrauch neigender Personen in unserer Gesellschaft gewissermaßen die Entscheidung über Nutzen und Risiken, über die Anwendung oder Nichtanwendung gut bewährter Arzneistoffe anheimgestellt wird. Es geht aber kein Weg an der Einsicht vorbei, daß die Anwendung von Sedativa und Schlafmitteln sorgfältig zu überlegen ist. Es gibt, ärztlich betrachtet, sicherlich auch die vitale Indikation dafür, daß unter bestimmten Bedingungen Schlaf medikamentös erzwungen wird. Das ist allerdings selten. Für banale Anlässe, wie die Reise in einem Schlafwagen, Zeitverschiebungsprobleme bei Weltreisen etc., können Arzt und Apotheker als Berater über die verfügbaren rezeptfreien Schlafmittel in Anspruch genommen werden. Hier sind allerdings keine stärker wirksamen Mittel indiziert. Andererseits geht auch kein Weg an der Einsicht vorbei, daß Tranquillanzien mit anxiolytischer Wirkung vor allem von alten Menschen in zunehmendem Maße konsumiert werden. Hier hat sich dann auch der unselige Begriff der ärztlich induzierten Abhängigkeit breitgemacht. Ich bevorzuge an dieser Stelle die Beschreibung der Abhängigkeit von der erwünschten Wirkung. Wie anders soll man sich gegenüber alten Menschen in ihrer oft nicht einfachen Situation, z. B. in Altenheimen, den Gebrauch von Tranquillanzien,

Sedativa, Anxiolytika und Schlafmitteln erklären?

Es gehört dann auch noch eine besondere Einstellung zu dem Problem dazu, wenn man Menschen im Alter von siebzig oder achtzig Jahren, mit dem erklärten Ziel, die Abhängigkeit zu verhindern, die Wohltat eines Schlafmittels modernen Typs verweigert. Ein sorgfältiger Umgang mit den Begriffen Sucht und Abhängigkeit von Medikamenten ist dringender denn je.

Es soll hier natürlich auch darauf verwiesen werden, daß Schlafstörungen immer als ernstes Symptom einer tiefergreifenden psychischen Krankheit auftauchen können. Das muß aber den Psychiatern und psychiatrisch ausgebildeten Ärzten nicht erläutert werden. Der Pharmakologe erlaubt sich allerdings noch den Hinweis darauf, daß gerade im Bereich der Therapie bei allen Menschen zu oft zu starke Mittel verwendet werden: Clomethiazol, das in die Hand des Klinikers gehört, welcher Erethismus und Agitiertheit unter bestimmten Bedingungen mit diesem Stoff hervorragend beherrschen kann, oder Bromazepam und Clobazam, die mit Halbwertszeiten zwischen zehn und dreißig Stunden in der Liste der für diese Verbrauchergruppe verschriebenen Benzodiazepine eine gewisse Spitzenstellung einnehmen.

Abschließend sei darauf verwiesen, daß die Benzodiazepin-Vergiftung heute mit einem spezifischen Antidot behandelt werden kann, nämlich mit Flumazenil, einem strukturähnlichen Benzodiazepin-Antagonisten, der allerdings noch partielle Benzodiazepinwirkungen hat. Die antikonvulsiven Wirkungen der Benzodiazepine sind von der antagonistischen Wirkung beispielsweise nicht betroffen.

Literatur
1. **Forth, W., Henschler, D., Rummel, W.:** Allgemeine und spezielle Pharmakologie und Toxikologie. BI-Wissenschaftsverlag, Mannheim 1987.
2. **Lemmer, B.** Chronopharmakologie. Wiss. Verlags-GmbH, Stuttgart 1984.

Psychosomatische Aspekte von Schlafstörungen

M. Ermann

Schlafstörungen beschäftigen die Psychosomatiker in unterschiedlicher Weise. Am häufigsten begegnen sie ihnen als Symptom im Rahmen von psychovegetativen Störungen, psychogenen Schmerzsyndromen, aber auch bei neurotischen Depressionen und Angstneurosen. Monosymptomatisch sind Schlafstörungen dagegen selten. Bis zum Beginn unserer eigenen Schlafforschungen im Jahre 1986 [2] gab es in unserer eigenen psychotherapeutisch-psychosomatischen Ambulanz über Jahre keinen einzigen Patienten, der uns ausschließlich oder hauptsächlich wegen Schlafstörungen aufsuchte.

Die folgenden Ausführungen beschränken sich auf *seelisch bedingte* Schlafstörungen, und zwar auf die zahlenmäßig größte Gruppe der *primären Insomnien* auf seelischer Grundlage.

Zur Psychologie der Schlafstörungen

Die erste Frage in der Diagnostik ist die Unterscheidung zwischen Störungen des Schlafablaufs und Störungen des Schlaferlebens. Klagen über Schlafstörungen sind häufig Ausdruck allgemeiner Unzufriedenheit. Die subjektive Beurteilung der Schlafqualität entspricht durchaus nicht immer dem objektiv (d. h. im Schlaflabor) nachweisbaren Schlafverlauf. Oft sind auch Fehlerwartungen über die Schlafdauer vorhanden, speziell im Alter, wo diese als natürlicher Vorgang abnimmt (zur Schlafphysiologie vgl. [1]). Wir unterscheiden also zwischen nicht objektivierbaren Klagen über den Schlaf und tatsächlichen Insomnien, d. h. zwischen „Schlafneurose" (Pseudoinsomnie) und Schlafstörung (Insomnie). Sinnvoll erscheint diese Unterscheidung, um den pathophysiologischen Entstehungsprozeß im Umgang mit dem Patienten berücksichtigen zu können:

– Psychogene Schlafstörungen als psychosomatisches Syndrom sind eine direkte Folge mißlungener Lösungen innerer Konflikte. Ein unlösbarer Konflikt erzeugt im ersten Schritt Ängste und Spannungen, die die Schlaffunktion unmittelbar blockieren. Es entsteht die Insomnie.

– Bei der Störung des Schlaferlebens – der Schlafneurose oder Pseudoinsomnie – geht es dagegen um die subjektive Erlebnisstörung und nicht um den gestörten Schlaf selbst. Der Schlaf wird zum Projektionsfeld dysphorischen Erlebens, das z. B. bei der depressiven und hypochondrischen Neurose aus einer neurotischen Konfliktdynamik entsteht.

Ängste und Schlaf

Für das psychotherapeutische Verständnis der eigentlichen Schlafstörungen (Insomnien) ist nun das Wissen um die Quellen von Angst und Spannungen maßgeblich, die mit dem Schlaf verbunden sind. Der Schlaf ist ein selbstbezogener, objektloser Zustand. *Freud* [3] verglich ihn mit der Mutterleibsexistenz. Spätere Analytiker, speziell *Rothenberg* [5], sehen eine Analogie zwischen Schlaf und Tod. Diese Sichtweise mag auf den ersten Blick befremden. Tatsächlich ist der schlafinduzierte Kontaktabbruch für viele Menschen aber – zumindest unbewußt – zutiefst verängstigend. Die Angst, nicht wieder aufzuwachen, nicht wiederzukehren, spielt bei schlafgestörten Kindern oft eine wichtige Rolle. Beim Erwachsenen ist sie ein nicht minderer, allerdings unbewußter Faktor. Aber Schlaf ist auch ein Zustand psychischer Innenaktivität. Unsere Träume sind dafür die eindrücklichen Zeugen. Wie auch immer man die Funktion der Träume interpretieren mag, sie machen vor allem doch deutlich, daß wir im Schlaf mit einer inneren Welt konfrontiert werden, die beunruhigt, weil sie nicht dem bewußten Willen und der Kontrolle unterliegt. Die daraus entstehende Angst vor dem unbewußten Selbst kann sich zur Schlafphobie weiterentwickeln und ein wichtiges Element der Einschlafstörungen werden. Auch hier handelt es sich um einen oft unbewußten Faktor.

Viele unserer Träume sind Abwehrvorgänge gegen Impulse und Bedrohungen, die im Schlaf aufsteigen. Wenn die Abwehr versagt, wird die Signalangst (*Freud* [3]) als Traumgefühl überwältigend: Als Verfolgung, als Fallen, als Verstümmelung, als Verlust wird sie im Traum manifest, überschwemmt den Träumer und führt zum Aufwachen. Hier ist die Angst der unmittelbare Motor der Schlafstörung und diese die rettende Begleitreaktion der Angst. Man kann mit *Olden* [4] in solchen Fällen mit Recht auch von Schlafstörungen als Angstäquivalent sprechen.

Ängste vor Regression in den Schlafzustand und Ängste vor den psychischen Erlebnissen im Schlaf sind bei jedem Menschen mehr oder minder ausgeprägt vorhanden. Aber sie stören im allgemeinen nicht unseren Schlaf.

Situativ bedingte Schlafstörungen

Wenn der Mensch von schweren Schicksalsschlägen getroffen wird, wenn er in Lebenskrisen steht oder durch Streß, Prüfungen, Reisen, Überarbeitung belastet ist, dann kann seine Fähigkeit geschwächt werden, Angst zu verarbeiten. Das beeinträchtigt seine Möglichkeit, sich der Entspannung regressiv zu überlassen. Ein unbewußter Sog in die Regression, eine starke Tendenz zur Flucht aus der äußeren belastenden Realität, kann als Gegenströmung dazu einen Konflikt schaffen, der die Spannung erhöht. Die Schlafstörung erhält dann die Funktion, als Reaktion im Dienste der Aufrechterhaltung des Realitätsbezuges Wachheit zu bewahren.

Anders strukturiert sind Schlafstörungen nach erschreckenden Ereignissen, wie Unfällen und Katastrophen. Sie können eine Fülle unverarbeitbarer furchterregender Eindrükke und innerer Bilder, Ängste und Schuldgefühle entstehen lassen, die den Schläfer immer wieder überwältigen. Das Aufwachen ist dann eine Notreaktion, die durch die Schwächung der Abwehr im Schlaf bedingt ist.

Das sind Beispiele für situativ bedingte psychogene Schlafstörungen, die als *Erlebnisreaktionen* klassifiziert werden können.

Neurotische Schlafstörungen

Von den erlebnisreaktiven sind jene Schlafstörungen abzugrenzen, die im Rahmen *neurotischer Entwicklungen* aus chronischen, ungelösten inneren Konflikten entstehen. Dafür ein Beispiel: Eine Patientin um 40, die ich in der Schlafambulanz sah, litt seit 17 Jahren unter Ein- und Durchschlafstörungen. Sie begannen mit der Geburt ihres zweiten Kindes, die zu endlosen Auseinandersetzungen zwischen ihr und ihrem Mann Anlaß gab. Sie berichtete, ihr Mann habe sie zu Grausamkeiten gezwungen, die sie mit Schuldgefühlen erfüllten: Sie sei gezwungen worden, den kleinen Sohn nachts schreien zu lassen. Er schrie unentwegt und brachte sie, wie sie sagte, schließlich selbst um den Schlaf. Am Ende habe der Mann

sie gezwungen, das kleine Kind ans Bett zu binden, was ihr fast das Herz gebrochen habe.

Aus ihrer eigenen Kindheit berichtet sie von Grausamkeiten, die sie selbst erlitten hatte. Sie wurde mehrmals von ihrer Mutter getrennt und zu Großeltern oder ins Heim gebracht. Schließlich kam sie zum Vater, der inzwischen eine andere Frau geheiratet hatte. Auch hier nahmen die Quälereien kein Ende: „Ich sehe meinen Vater noch auf der Tischkante sitzen und zuschauen, wie die Stiefmutter auf meine Schwester und mich einschlug . . . sie war einfach eine unberechenbare und herzlose Frau".

Diese wenigen Blitzlichter mögen ausreichen, um anzudeuten, daß es sich hier um eine Patientin mit einer extrem belastenden Kindheitsentwicklung handelt. Sie heiratete schließlich in der trügerischen Hoffnung, dadurch endlich Geborgenheit finden zu können. Aber das Gegenteil trat ein: Sie fand und heiratete einen Mann, bei dem die Grausamkeiten sich fortsetzen. Zwar hatte sie die belastenden Seiten seiner Persönlichkeit geahnt, sie aber zur Seite geschoben und darauf gebaut, daß sich in der Ehe alles ändern würde. Beim ersten Kind, einer Tochter, hätte sie sich gegen ihn noch behaupten können. Beim zweiten Kind habe sie sich dann als Mutter überfordert gefühlt und ihm nachgegeben, nur um ihn um ihrer Sicherheit willen nicht zu verlieren.

Die Schlafstörung dieser Patientin

ist eine Abwehr von Schuldgefühlen und der unbewußten Phantasie, eine „böse Mutter" zu sein, und enthält selbstquälerische Züge, mit denen sie ihre Schuldgefühle mäßigt. Ihr weiterer Lebensweg standen im Zeichen einer selbstquälerischen unbewußten Wiedergutmachung: Verzicht auf Partnerschaften, Hobby und Freizeitfreuden, Aufopferung für die beiden Kinder und im Beruf. Sie setzte sich ein bis zur Erschöpfung und quälte sich schließlich mit vergeblichem Warten auf Erholung und Entspannung im Schlaf.

Zur Psychotherapie der Schlafstörungen

Unsere therapeutischen Erfahrungen mit psychogenen Schlafstörungen sind sehr unterschiedlich. Generell haben situativ bedingte Schlafstörungen aufgrund ihrer Struktur eine bessere Prognose als neurotische. Bei den neurotischen Schlafstörungen erweist sich das Ausmaß der Chronifizierung als entscheidender prognostischer Faktor. Auch heute noch kommen Patienten mit psychogenen Schlafstörungen oft erst nach langjähriger Chronifizierung zum Psychotherapeuten, bedingt durch jahre- und jahrzehntelange Behandlung mit Schlafmitteln, ohne daß die Genese der Störung geklärt worden wäre. Die psychotherapeutische Behandlung von Spätschäden erweist sich für psychodynamische und verhaltensorientierte Ansätze in gleicher Weise als schwierig. Wir beob-

achten mit der Dauer der Schlafstörung einen Verlauf, den wir als Scherenphänomen bezeichnen; Konflikte als auslösende Bedingungen treten mit der Dauer immer mehr in den Hintergrund – die Schlafstörung verselbständigt sich. Um so dringlicher ist die zügige Diagnostik und Behandlungseinleitung, bei der der Praktiker im Vorfeld der Psychotherapie bei der Erkennung der Störung und Motivierung zur Behandlung entscheidende Funktionen hat.

Das Spektrum der psychotherapeutischen Behandlungsmöglichkeiten reicht von der Regelung von Außenfaktoren über aktive Entspannung und Umlernen bis hin zur analytischen Bearbeitung der zugrundeliegenden Konflikte. In manchen Fällen mag es ausreichen, durch Einwirkung auf das Verhalten und auf die Einstellungen die Aufmerksamkeit vom Wachliegen und von den morgendlichen Mißempfindungen abzulenken und eine Bejahung des bevorstehenden Tages zu erreichen. Zur Regelung der Lebensweise gehört geregelte Aktivität am Tage, körperliche Bewegung, abends eine Beschäftigung, welche das Abschalten fördert. Die Entspannung kann durch autogenes Training oder progressive Relaxation unterstützt werden. Auch Hypnotherapie kann den Teufelkreis von tatsächlicher Schlafstörung und Angst vor der Schlafstörung durchbrechen.

Aus verhaltenstherapeutischer Sicht spielen folgende Faktoren für

die Therapieplanung eine Rolle:
- Konditionierungen von schlafinduzierenden Reizen und Ritualen
- Verminderung anhaltender Arousals, die sich z. B. durch abendliches Fernsehen oder Lesen einstellen
- Einwirkung auf schlaffeindliche Einstellungen, z. B. auf Fehleinschätzungen bezüglich des Schlafbedarfs oder auf die Erwartungsangst „ich werde doch nicht einschlafen"
- Unterbrechen von Grübeleien über den abgelaufenen Tag.

Die psychoanalytische Behandlung von Schlafstörungen hat eine lange Tradition. Maßgeblich für die Indikation ist, daß sich in der Diagnostik herausstellt, daß der Betroffene unter einem chronischen Konflikt leidet, der durch äußere Lebensereignisse reaktiviert und aufrechterhalten wird. Je nach Art der Persönlichkeit und der Behandlungsmotivation kommen Gruppenbehandlungen, tiefenpsychologische Therapie oder aufwendigere analytische Verfahren in Frage.

Literatur
1. **Cartwright, R. D.**: Schlafen und Träumen. Kindler, München 1982.
2. **Ermann, M. u. Mitarb.**: Schlafstörung und Traum. In: Schüffel, W. (Hrsg.): Sich gesund fühlen im Jahre 2000. Springer, Berlin–Heidelberg 1988.
3. **Freud, S.**: Vorlesungen zur Einführung in die Psychoanalyse. Gesammelte Werke, Band 11, 1917.
4. **Olden, C.**: Symposium über neurotische Schlafstörungen. Int. J. Psa. 23 (1942) 52.
5. **Rothenberg, S.**: Psychoanalytic Insight into insomnia. Psa. rev. 34 (1947) 141.

Weiterführende Literatur:
Ermann, M.: Die Persönlichkeit bei psychovegetativen Störungen. Springer, Berlin–Heidelberg 1987.
Hau, T. F.: Psychosomatische und psychotherapeutische Gesichtspunkte bei Schlafstörungen. Z. psychosom. Med. 13 (1967) 190.
Hoffmann, S. O.: Zum psychoanalytischen Verständnis von Schlafstörungen. Z. Psychother. med. Psychol. 25 (1975) 51.
Preuss, H. G.: Die Psychosomatik der Kranken mit Schlafstörungen. In: Jores, A.: Praktische Psychosomatik. Huber, Bern Stuttgart Wien 1976.

Behandlung chronischer Schlafstörungen in der Praxis

R. Steinberg

Schlafstörungen und deren Linderung gehören sicherlich zu den ältesten und häufigsten ärztlichen Problemen, dennoch wissen wir auch heute noch weder über die Physiologie noch die Pathophysiologie des Schlafes recht gut Bescheid. In der Therapie hat sich in den vergangenen Jahren durch die Diskussion um die Benzodiazepin-Hypnotika – eine vermeintlich ideale und risikofreie Lösungsmöglichkeit – sogar eher Unsicherheit, zumindest aber Nachdenklichkeit unter der verschreibenden Ärzteschaft eingestellt. Vor allem die chronische Schlafstörung ist und bleibt ein erhebliches Problem, das die Geduld von Therapeut und Patient gleichermaßen herausfordert.

Definitionen und Symptome

Der Definition der *Association of Sleep-Disorders Centers* in den USA von 1979 folgend, wird heute eine Unterteilung in Hyposomnien, Hypersomnien, Störungen des Schlaf-Wach-Rhythmus und Parasomnien akzeptiert [2, 16]. Sicherlich machen die Hypo- oder Insomnien darunter den größten Anteil aus. Durch die in der DSM-III-R neu gefaßte Definition der Schlafstörungen wird zusätzlich eine deutliche Betonung auf das Tagerleben gelegt. Wenn ein Patient sich trotz einer geklagten Schlafstörung am folgenden Tag ausgeschla-

fen, erholt und leistungsfähig fühlt, liegt häufig keine Schlafstörung im eigentlichen Sinne vor. Eher werden unangemessene Erwartungen an den Nachtschlaf bezüglich Dauer und Ablauf gestellt.

Im Alter nimmt die Fraktionierung des Nachtschlafes durch häufigeres nächtliches Erwachen, auch längeres Wachliegen physiologisch zu, die Gesamtschlafzeit dagegen im allgemeinen ab. Diese altersbedingte Gegebenheit kontrastiert mit der zunehmenden Reizarmut des alternden Menschen, vor allem, wenn sie den eher unphysiologisch erscheinenden Ruhezeiten in Altenheimen oder Kliniken entspricht. Eine medikamentöse Erzwingung derartiger Tag-Nachtabläufe richtet sich kaum an physiologischen Gegebenheiten aus.

Die Chronizität einer Schlafstörung beginnt per definitionem nach einer Dauer von 3 Wochen. Die vermeintliche Willkür eines derartig kurz erscheinenden Intervalls gewinnt jedoch Sinn in dem Umstand, daß die meisten Schlafmittel in diesem Zeitraum ihre schlafanstoßende und schlafaufrechterhaltende Wirkung durch Adaptation verlieren [3].

Über Inzidenz und Prävalenz von Schlafstörungen gibt es erst in jüngerer Zeit Untersuchungen, die nach objektiven Kriterien erstellt sind. Epidemiologische Untersuchungen in westlichen Ländern [4, 10] zeigen eine Prävalenzrate von 20% der erwachsenen Bevölkerung. Bis ins mittlere Alter hinein leiden etwa doppelt so viele Frauen wie Männer an Schlafstörungen, mit zunehmendem Alter verwischt sich dieser Unterschied vor allem durch eine deutliche Zunahme der Schlafstörungen von Männern [12]. Inwiefern es in den vergangenen Jahrzehnten insgesamt zu einer Zunahme von Schlafstörungen gekommen ist, läßt sich nicht beantworten. Von einer dramatischen Zunahme ist jedoch eher nicht auszugehen. Wenn auch Verbrauchszahlen von Schlafmitteln sicherlich nur weiche Indikatoren für das Vorhandensein von Schlafstörungen darstellen, wäre in den letzten 15 Jahren sogar mit einer Abnahme zu rechnen. Die heute fast ausschließlich verwandten Benzodiazepin-Hypnotika erreichten ihren Verbrauchsgipfel in den Jahren 1971 bis 74, seither ist die Verschreibung in den USA und auch in einigen europäischen Ländern um 50% abgesunken [6].

Bei einer Inzidenz von etwa 25% der Bevölkerung bedürfen etwa 15% sicherlich professioneller ärztlicher Hilfe. Allein diese Zahl macht klar, daß in die Behandlung von Schlafstörungen grundsätzlich alle Ärzte einbezogen sein und bleiben müssen.

Unter allen Schlafstörungen sind die Hyposomnien, ob akut oder chronisch, am häufigsten. Hypersomnien, Störungen des Schlaf-Wach-Rhythmus und Parasomnien sollten grundsätzlich dem sich mit Schlafstörungen speziell auseinandersetzenden Nervenarzt, bei Verdacht auf eine Schlafapnoe auch dem problembewußten Pulmonologen zugewiesen werden. Anhand der Klientel der Schlafambulanz der Psychiatrischen Klinik der Universität München aus den Jahren 1981 bis 1984 (Tabelle 1, [15]) läßt sich die prozentuale Aufteilung der schweren Schlafstörungen gut erkennen. Die angeführte Stichprobe kann natürlich nicht für das Auftreten von Schlafstörungen in der Bevölkerung repräsentativ sein, da durch die Überweisung von Ärzten eine hohe Selektion aufgetreten ist. Dennoch kann sie Aufschluß geben über Häufigkeiten der einzelnen Störungen. Die Tabelle umfaßt 478 Patienten, die in den Jahren 1981 bis 1984 mindestens einmal die Schlafambulanz aufsuchten. 2% der Schlafstörungen waren *exogen* bedingt, wobei Umweltlärm, Schnarchen des Partners oder ungewöhnliche Raumbedingungen wie zu hohe oder zu niedrige Temperaturen als Ursache ermittelt werden konnten. 3,5% der Patienten waren *psychotisch* mit eindeutigem Vorwiegen larvierter endo-

Tabelle 1: Schlafambulanz-Diagnosen, München 1981–1984 (N = 478).

exogen	2%
psychotisch	3,5%
Narkolepsien	4,5%
organisch	10%
Medikamenten- und/oder Alkoholabhängigkeit	12%
Apnoe, Somnambulismus Myoklonie, restless legs	13%
unklare Diagnosen	16%
psychophysiologisch	39%

gener Depressionen, bei denen die Hyposomnie mit charakteristischem frühmorgendlichem Erwachen den diagnostischen Weg wies.

Immerhin 4,5% der Stichprobe litten an einer *Narkolepsie.* Diese Krankheit tritt üblicherweise als hypersomne Störung in Erscheinung, da imperativer Schlafdrang im Abstand von 90 bis 120 Minuten viele dieser Patienten vor allem unter Tags erheblich sozial behindert, wenn nicht sogar gefährdet. Bei anderen steht der affektive Tonusverlust im Vordergrund. Hypnagoge Halluzinationen und Schlaflähmungen, meist Aufwachlähmungen, ergänzen die charakteristischen Symptome. Die Diagnose sollte heutzutage unbedingt in einem Schlaflabor gesichert werden, da es unterschiedliche Indikationen für den Einsatz von Amphetaminen, Nootropika, Antidepressiva vom Desimipramintyp bzw. Monoaminoxydasehemmer gibt [11].

Neben der Narkolepsie ist die *Schlafapnoe* die häufigste chronische hypersomne Störung. Leitsymptome sind das männliche Geschlecht, ein Alter über 45 Jahre, meist eine Adipositas permagna und exzessives Schnarchen [7]. Von hohem klinisch-diagnostischem Wert ist die Fremdanamnese durch den Bettpartner, der über die nächtlichen Atempausen berichtet, die bis zu hundertmal und in einer Länge bis zwei Minuten auftreten können. Von allen Schlafwissenschaftlern wird unabdingbar eine Abklärung und Sicherung der Diagnose im Schlaflabor vor jeglicher

therapeutischen Intervention gefordert.

Die Unterscheidung in zentrale, obstruktive oder gemischte Apnoe-Formen entscheidet mit über die Therapie, in der neben der drastischen Gewichtsreduktion die CPAP-Methode (Chronic Positive Airway Pressure) beziehungsweise die Anpassung einer *Esmarch*-Prothese empfohlen wird. Eine operative Erweiterung des Nasen-Rachen-Raumes sollte erst nach strenger Indikationsstellung durch Schlafforscher und des Hals-Nasen-Ohren-Arztes erfolgen [11]. Andere hypersomne Störungen – Leitsymptom ist die auffällig erhöhte Tagesschläfrigkeit – wie das Kleine-Levin-Syndrom oder die familiäre Hypersomnie sind selten. Hypersomne Störungen sollten jedoch generell sehr rasch einer extensiven Diagnostik zugeführt werden, da sich nicht selten zerebrale Prozesse, zum Beispiel intrakranielle Drucksteigerungen durch Tumoren dahinter verbergen.

Bei den in der **Tabelle 1** angeführten 10% *organischer Verursachungen* der chronischen Schlafstörungen handelte es sich hauptsächlich um Hyperthyreosen, ungenügend eingestellte Herzinsuffizienzen mit häufiger Nykturie, chronische Schmerzzustände oder HWS-Syndrome. Eindeutige Symptome einer *Abhängigkeit* von Medikamenten, Alkohol oder beidem zeigten 12% der Klientel.

Somnambulismus, Pavor nocturnus und Bruxismus gelten als *Parasomnien.* Während das Schlafwandeln und der Pavor nocturnus direkt aus den Tiefschlafstadien S 3 und S 4 heraus entstehen, tritt der Bruxismus in den Schlafstadien S 1 und S 2 auf. Schlafwandler müssen entgegen weitverbreiteter Meinung vor Verletzungen geschützt werden. Eine spezielle Therapie des vor allem in der Kindheit auftretenden Syndroms ist ebensowenig wie beim Pavor nocturnus nötig wie möglich, Benzodiazepine können durch die Unterdrückung der Tiefschlafanteile eventuell helfen [8].

Bei 15% der Gesamt-Stichprobe konnte keine diagnostische Zuordnung getroffen werden. Es waren sowohl psychisch bedingte Störungen wie organische Beeinträchtigungen zu vermuten, differentialdiagnostisch konnten sie nicht gegeneinander abgewogen werden.

Bei weitaus dem größten Teil, fast 40% der Patienten, war jedoch weder eine klinisch relevante neurotische noch eine körperlich begründbare Schlafstörung gesehen worden. Diese als *psychophysiologische oder idiopathische Hyposomnie* bezeichnete Schlafstörung ist von besonderem wissenschaftlichem Interesse, da der physiologische Prozeß der Schlafor-

ganisation und des Schlafablaufes allein gestört zu sein scheinen.

Tabelle 2 gibt den Teil der *hyposomnen Störungen* der Ursprungs-Stichprobe wieder. Die Patienten wurden bezüglich des Hypnotikagebrauchs bei Erstkontakt befragt. Ein Fünftel nahm zum Untersuchungszeitpunkt keine Medikamente ein, etwa ebensoviele nahmen ein Medikament zur Schlafinduktion. Fast ein Drittel nahm mehrere Medikamente, Medikamente und Alkohol verwendeten ein weiteres Fünftel. Hypnotika in der Kombination mit anderen psychotropen Substanzen, vornehmlich Antidepressiva oder Neuroleptika, nahmen 13%. Eine Dosissteigerung, zum Teil deutlich über den therapeutischen Bereich hinaus, gaben 21% der Teil-Stichprobe an.

Der chronisch hyposomne Patient ist 46 Jahre alt, gebraucht 1,9 ± 1 Schlafmittel. In diesem Alter sind Frauen doppelt so häufig betroffen wie Männer. Die Dauer der Schlafstörungen ist mit 11 ± 9 Jahren ebensolang wie die Einnahme von Hypnotika. Ohne die gewohnte Schlafmedikation nimmt subjektiv die Einschlaflatenz etwa auf das Doppelte zu, die Schlafdauer auf die Hälfte ab [15]. Von den meisten Patienten, die abrupt ihre Schlafmedikation unterbrechen, werden nur zwei Nächte ohne Schlafmittel ausgehalten. Spätestens dann erreicht die Rebound-Insomnie Ausmaße, die mit einer Arbeitsfähigkeit nicht mehr vereinbar sind. Wird das gewohnte Mittel dann wieder eingenommen,

Tabelle 2: Hyposomnie. Hypnotika-Gebrauch bei Erstkontakt (N = 283).

kein Medikament	19%
ein Medikament	17%
mehrere Medikamente	32%
Medikamente und Alkohol	19%
Hypnotika und andere psychotrope Medikamente	13%
Dosissteigerung	21%

verschwinden die Rebound- und Entzugsphänomene [13]. Die meisten Patienten, die chronisch Schlafmittel einnehmen, versuchen auch ohne Wissen ihrer Ärzte immer wieder ein abruptes Absetzen. Der Arzt sollte von derartigem Vorgehen abraten, geschweige denn es selbst anraten. Das Gefühl der Schlafmittelabhängigkeit resultiert zu einem sehr erheblichen Teil aus einer derartigen inadäquaten Reduktionsmethode.

Schlafprofil/Kasuistik

Mit Hilfe des Schlaflabors lassen sich bei chronisch hyposomnen Patienten in der Mehrzahl auffällige Schlafprofile ableiten. Das Nachtschlaf-EEG wird entsprechend der von *Rechtschaffen u. Kales* 1976 aufgestellten Kriterien in Stadien eingeteilt. Der gesunde Erwachsene verbringt zirka 5% der Nacht wach (SW), ebensoviel im Leichtschlafstadium S 1. Das Schlafstadium S 2 macht etwa 50% aus, die Tiefschlafstadien S 3 und S 4 etwa 15%. Das Traumschlafstadium REM (Rapid Eye Movements) beträgt während der gesamten Nacht ungefähr 25% [18].

In Abb. 1 c ist nach der pathologisch verlängerten Einschlaflatenz von mehr als 2 Stunden ein weitgehend normales Schlafprofil einer 35jährigen Patientin zu sehen. Deutlich wird der zyklische Ablauf zwischen NREM-Schlaf (Non-REM) und REM-Schlaf, dem allgemein eine Periodik von etwa 90 Minuten zugrunde liegt. Während REM im Verlaufe des Nachtschlafes zunimmt, vermindert sich der Tiefschlaf S 3 und S 4.

In Abb. 1 a ist das Schlafprofil dieser Patientin dargestellt, das zu Beginn der stationären Entzugsbehandlung abgeleitet wurde. Es handelte sich um eine unverheiratete Frau, die durch beruflichen Streß mit daraus resultierender Schlafstörung eine Bromazepam-Abhängigkeit entwickelt hatte, die im letzten halben Jahr mit 30 mg/Tag den therapeutischen Bereich deutlich verlassen hatte. Eine Selbstreduktion um die Hälfte führte zu einer akuten Kopfschmerzsymptomatik, die unter dem Verdacht einer Subarachnoidal-Blutung invasive neurologische Diagnostik nach sich zog.

Im Verlauf der Untersuchung wiesen dann die zunehmenden Entzugserscheinungen den Weg. Bei der ersten Nachtableitung war die Patientin an 15 mg Bromazepam adaptiert, weder Intoxikationszeichen noch Entzugssymptome waren deutlich.

In Abb. 1 a fällt die fast 5stündige Einschlaflatenz auf, der folgende Schlaf erreichte Stadium S 3 und S 4 kaum, gegen Ende ist häufiges Erwachen zu sehen. Die 90minütige NREM/REM-Periodik war jedoch gut erhalten.

In Abb. 1 b war die Patientin im Verlauf des schrittweisen Entzuges an 3 mg Bromazepam mehrere Tage adaptiert. Sowohl die Einschlaflatenz hatte sich verkürzt als auch die Menge von S 3 zugenommen. In Abb. 1 c

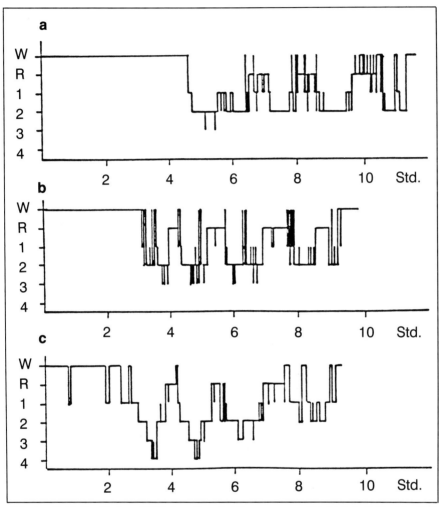

Abb. 1 a: Schlafprofil einer 35jährigen Frau bei Bromazepam-Abhängigkeit. Nachtschlafableitung bei mehrtägiger Adaptation an 15 mg Bromazepam (siehe Text); b: Nachtschlafprofil bei Adaptation an 3 mg Bromazepam; c: Nachtschlafprofil nach mehrtägiger Medikamentenfreiheit.
W = Stadium Wach
R = Stadium REM; 1 bis 4 = Schlafstadien S 1 bis S 4.

war bereits für mehrere Tage Medikamentenfreiheit gegeben. Die Einschlaflatenz ist noch deutlich erhöht, dann zeigt sich ein weitgehend unauffälliges Schlafprofil. Subjektiv schlief die Patientin bereits zur Zeit der zweiten Ableitung deutlich besser, zur Zeit der dritten Ableitung empfand sie noch Einschlafstörungen, ansonsten einen erholsamen und tiefen Schlaf, wie sie ihn im vorausgehenden Jahr nicht mehr erlebt hatte.

Eine Aufhebung der 3- bis 90minütigen NREM/REM-Zyklen scheint schwerst gestörte Patienten von weniger gestörten Patienten zu unterscheiden. Inwiefern mißbräuchliche Medikation oder „idiopathische" Störungen zugrunde liegen, kann derzeit nicht angegeben werden. Bei Erhalt des 90minütigen Zyklus sind jedenfalls bessere Therapieerfolge zu erzielen. Auffallend bleibt jedoch, daß in der Gruppe mit schwerst gestörter Schlafarchitektur sich deutlich mehr Patienten befanden, die einen langjährigen Hypnotikagebrauch betrieben [15].

Schlafgestörte Patienten berichten über ihre Schlafstörungen. Es gibt keine Veranlassung, diesen Darstellungen nicht zu glauben. In einer Untersuchung an 40 schlafgestörten Patienten zeigte sich, daß subjektiv die Gesamtschlafdauer um mehr als ein Drittel unterschätzt wurde, wenn man die vom ersten Einschlafen bis zum Aufwachen (TIB = Time in Bed) verbrachte Zeit als Referenz nahm. Zog man jedoch die bei diesen Patienten gehäuft auftretenden nächtlichen Wachphasen von dieser Zeit ab, verringerte sich der Schätzfehler auf etwa 80%.

Überschätzt werden häufig die Einschlaflatenzen. Laut internationaler Definition ist ein Patient mit dem ersten Erreichen von S 2 einge-

schlafen. Schlafgestörte gehen jedoch häufig wieder in S 1 zurück, das als Leichtschlafstadium mit der Einschätzung *schlechter Schlaf* korreliert [16, 17]. Schlafgestörte Patienten sind in Persönlichkeitstestungen [5] gegenüber der Norm durch eine Erhöhung der depressiven Trias gekennzeichnet, die depressive, hysterische und hypochondrische Eigenschaften beschreibt. Auch ist der Faktor Psychasthenie erhöht. Wenn auch diese Persönlichkeitseigenschaften die Behandlung dieser Patienten generell nicht einfacher machen, sollte man ihnen Glauben schenken.

Anamnese und Therapie

Zur Behandlung von Schlafstörungen ist grundsätzlich eine eingehende Anamnese samt körperlicher Untersuchung erforderlich. In den Schlafambulanzen wird für das Erstinterview durchschnittlich eine Dreiviertelstunde aufgewendet. Meist lassen sich körperliche Krankheiten wie eine beginnende Herzinsuffizienz oder Hyperthyreose anhand des uncharakteristischen Frühsymptoms Schlafstörung erkennen, wenn man daran denkt [1]. Bei der Klientel der chronisch schlafgestörten Patienten sind äußere Verursachungen eher selten anzutreffen, in diesem Bereich haben sie vielfach Ursachenforschung betrieben. Chronischer Alkoholgebrauch ist mit einer charakteristischen Schlafstörung verbunden. Mit ausreichender Alkoholmenge wird sehr gut eingeschlafen, nach wenigen Stunden wird der Betroffene jedoch wach, findet dann für mehrere Stunden keine ausreichende Schlaftiefe. Erst gegen Morgen stellt sich Schlaf wieder ein. Mindestens zum Teil scheint die REM-supressive Wirkung von Alkohol pathophysiologisch mitverantwortlich zu sein. Der in der ersten Nachthälfte unterdrückte REM-Schlaf erscheint als REM-Rebound in der zweiten Hälfte, der nicht selten Alptraum-Charakter trägt.

Die Anamnese ist grundsätzlich um eine *exakte Medikamentenanamnese* zu erweitern, im Zweifelsfalle sollte man sich die Medikamentenverpackungen vorzeigen lassen. Unter den hypnotischen Substanzen spielen heute fast ausschließlich Benzodiazepine eine Rolle. Ihre therapeutische Breite, die bei kurzem Gebrauch sicher schlafanstoßende und schlafaufrechterhaltende Wirkung, die wohl eher geringe Toleranzentwicklung und Toxizität, haben frühere Hypnotika wie Barbiturate, Methaqualon und Bromureide praktisch vollständig verdrängt. Letztere Substanzen findet man heute eigentlich nur mehr bei Suchtpatienten. Die anfänglich in der Ärzteschaft wie bei vielen Patienten angetroffene positive Einstellung gegenüber Benzodiazepinen hat sich deutlich vermindert, zum Teil wird der Gebrauch wegen des sich abzeichnenden Suchtpotentials abgelehnt. Vom Großteil der Ärzteschaft wird jedoch weder die bedenkenlose Langzeitverschreibung praktiziert noch auf die hypno-

tische und angstreduzierende Wirkung bei zeitlich begrenzter Verordnung verzichtet. Unter der Klientel der schlafgestörten Patienten findet sich jedoch ein erheblicher Anteil von chronischen Medikamenteneinnehmern, wobei Benzodiazepine eindeutig im Vordergrund stehen (Tabelle 1).

Aus dem oben Dargestellten geht hervor, daß chronisch schlafgestörte Patienten zum überwiegenden Teil chronisch Schlafmittel einnehmen. Wenn auch so evidente Folgen wie die in Abb. 1 gezeigten nicht die Regel sind, ist eine Beeinträchtigung des Schlafes durch das chronisch eingenommene Medikament eher häufig anzutreffen. Das Phänomen der low-dose-dependency, eine Abhängigkeit bei chronischer Einnahme von Benzodiazepinen in therapeutischer Dosis, wird heute allgemein akzeptiert. Auch bei diesen Patienten sind Schlafstörungen nicht selten [9, 15]. Unter Berücksichtigung der bei uns ausnahmslos herrschenden Verschreibungspflicht für relevante Hypnotika müssen wir mindestens zum Teil von einem iatrogenen Phänomen ausgehen. In letzter Zeit wiederholt geäußerte Absichten der verantwortlichen Behörden, Benzodiazepine unter die Betäubungsmittel-Gesetzgebung zu stellen, ist damit in engem Zusammenhang zu sehen.

Benzodiazepin-Entzug. Die Behandlung der chronischen Schlafstörung sollte immer auch an das mögliche Vorliegen einer Schlafmittel-

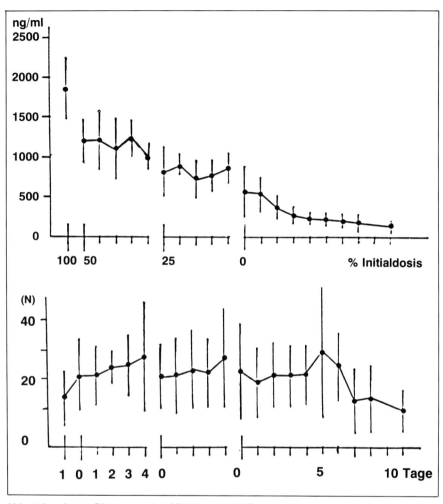

Abb. 2: Im oberen Diagramm sind Mittelwerte und Standardabweichungen der Konzentrationen von Benzodiazepinen und deren Derivaten im Morgenurin von 3 Patienten während des Benzodiazepinentzuges aufgetragen. Abszisse: Prozent der initialen Dosis. Ordinate: Konzentration in ng/ml. Im unteren Diagramm ist der Verlauf des Entzuges dargestellt durch Mittelwerte und Standardabweichungen von Symptomnennungen und Wichtungen (siehe Text).

Gewöhnung bei Langzeitgebrauch denken lassen. In mehreren Studien an insgesamt 32 Patienten mit einer Low-dose-Abhängigkeit beziehungsweise einer High-dose-Abhängigkeit [14, 15, 16] wurde ein schrittweises

Reduktionsschema mit 50%igen Verminderungen der Dosis jeden 5. Tag durchgeführt.

In **Abb.** 2 sind Mittelwerte und Standardabweichungen der im Morgenurin von 3 Patienten bestimmten Benzodiazepine beziehungsweise deren Derivate über die Zeit aufgetragen. Die bei diesem gestuften Absetzen zu erwartende exponentielle Abklingkurve stellte sich gut dar. Eine zusätzliche Benzodiazepin-Einnahme zur Linderung der Entzugssymptomatik würde sich als deutlicher Buckel abzeichnen. Des weiteren sind die Mittelwerte der Entzugserscheinungen, die mit einer nach *Lader* [9] modifizierten Rating-Skala jeden Morgen erhoben wurden, aufgezeichnet. Es zeigt sich, daß alle 3 Patienten – zwei vom Low-dose-Typ, einer vom High-dose-Typ – bei einer derartigen nur unter klinischen Bedingungen durchzuführenden Reduktionsgeschwindigkeit deutlich Entzugserscheinungen hatten. Alle 32 untersuchten Patienten gaben während des Entzuges erhebliche Ein- und Durchschlafstörungen, Kopfschmerzen, affektive Schwankungen, Zittern und Schwitzen an. Häufig wurden Dysästhesien, Makrobzw. Mikropsien, Hyperakusis mit gesteigerter Lärmempfindlichkeit, Angstsymptomatik und innere Unruhe gesehen. Im Einverständnis mit den Patienten waren keine den Entzug lindernden Medikamente gegeben worden. Als major-withdrawalsymptoms bekannte Entzugskrämpfe, Entzugsdelirien oder Entzugs-

psychosen traten bei diesem Vorgehen nicht auf [19]. Dennoch waren diese Entzüge generell als schwer einzustufen, vom Typ her ähneln sie dem Alkohol- bzw. Barbituratentzug [14]. Da Benzodiazepine nicht toxisch sind, ist ein derartig schneller Entzug jedoch nicht unbedingt nötig. Bei motivierten Patienten, die eine chronische Einnahme von therapeutischen Benzodiazepindosen beenden wollen, ist ein ambulantes Vorgehen in deutlich geringerer Absetzgeschwindigkeit durchführbar. Da viele Benzodiazepinpräparate nur in Tablettenform in relativ hoher Dosierung vorliegen, ist eine Umstellung auf flüssige Derivate, zum Beispiel Diazepam, hilfreich. Bei chronischer Einnahme sind die Benzodiazepine wohl unabhängig von ihrer Halbwertzeit untereinander kreuztolerant. Mit Reduktionsschritten um 10% alle 1 bis 2 Wochen läßt sich eine Entwöhnung ohne Entzugserscheinungen bei vielen Patienten durchführen. Als sehr hilfreich hat sich erwiesen, die Patienten über die pathophysiologischen Mechanismen der Re-Adaptation aufzuklären. Nach der Erfahrung der Münchener Schlafambulanz kann mit einer hohen Compliance gerechnet werden. Fast 50% der Patienten scheinen allein durch die langsame Reduktion ihrer Schlafmedikation die gewünschte Verbesserung und teilweise eine Verlängerung ihres Nachtschlafes zu erreichen.

Von einem Absetzen um jeden Preis sollte abgesehen werden. Es gibt Patienten – offensichtlich mehr in der älteren Generation – die bei chronischer therapeutischer Schlafmitteleinnahme weder eine Toleranz noch das Gefühl der Abhängigkeit entwickelt haben. Unter ärztlicher Kontrolle der Rezeptur kann eine derartige Medikation vermutlich ohne gravierendere Folgen aufrechterhalten werden. Unter der Klientel der chronisch schlafgestörten Patienten sind sicherlich auch Patienten anzutreffen, bei denen die Schlafstörung mehr Ausdruck einer moderaten Depressivität ist bzw. Ängstlichkeit entspringt. Die angstlösende Wirkung von Benzodiazepinen scheint nicht im gleichen Ausmaß zu adaptieren wie die sedierend-hypnotische. Einem Wiederauftreten von Angst, das nicht als Entzugsphänomen einzuordnen ist, sollte mit einem längeren Sistieren der Dosis oder sogar längerfristiger Benzodiazepinmedikation begegnet werden. Eine Angsterkrankung im eigentlichen Sinne sollte jedoch primär mit Antidepressiva behandelt werden, was die Konsultation des psychiatrisch geschulten Kollegen von vornherein empfiehlt. Bei Angst- und Panikerkrankungen werden Benzodiazepine heute von den meisten Psychiatern nur im akuten Angst- bzw. Panikzustand fokal eingesetzt, die Grundmedikation bilden Antidepressiva vom Imipramin- bzw. Desimipramin-Typ.

Antidepressiva. Bei bestehender bzw. sich entwickelnder Chronifizierung einer Schlafstörung verwenden die mit der Schlafproblematik vertrauten Nervenärzte heute vorzugsweise sedierende Antidepressiva vom Amitriptylin-Typ. Verwendet werden neben Amitriptylin das Doxepin, Mianserin und Trimipramin. Letzteres scheint die Schlafarchitektur am wenigsten zu beeinflussen, wogegen die anderen Medikamente eine Reduktion des REM-Schlafes, teilweise auch des Tiefschlafes bedingen. Bei den meisten Patienten kann jedoch mit niedrigen Dosierungen zwischen 10 und 30 mg vorgegangen werden, so daß mit derartigen Phänomenen kaum zu rechnen ist, da die zur Behandlung von Depressionen übliche Dosis von 150 mg nicht notwendig ist. Allgemein wird davon ausgegangen, daß Antidepressiva keine Abhängigkeit im eigentlichen Sinne hervorrufen, somit ohne Risiko über lange Zeit gegeben werden können. In jüngster Zeit wird auf cholinerge Rebound-Phänomene beim abrupten Absetzen von Antidepressiva hingewiesen. Vielleicht sollte dies als Hinweis genommen werden, keinerlei Langzeitmedikation abrupt zu beenden, es sei denn, es liegt eine vitale Indikation vor.

L-Tryptophan. Die Aminosäure L-Tryptophan, der Präcursor des Serotonins, verkürzt in Dosen von 1–2 g die Einschlaflatenz [15]. Ein Hypnotikum im eigentlichen Sinne scheint sie jedoch nicht zu sein. Der Wirkmechanismus ähnelt eher dem der Antidepressiva, die vor allem die stimmungaufhellende Wirkung erst nach mehreren Tagen oder Wochen deutlich in Erscheinung treten lassen. Klinisch scheint L-Tryptophan auch das subjektive Schlafempfinden zu verbessern. Studien zum objektiven Nachweis dieses Phänomens sind widersprüchlich. Antidepressiva und L-Tryptophan sind bei vielen Schlafgestörten gut einsetzbar und verbessern den Schlaf. Nach mehrmonatigen, zum Teil auch mehrjährigen Behandlungen kann die Medikation meist reduziert oder sogar abgesetzt werden [16].

Neuroleptika. Sedierende Neuroleptika wie Levomepromazin und Promethazin haben nicht nur in der klinischen Akutsituation und in höheren Dosen eine gut schlafanstoßende Wirkung. In niedriger Dosierung, etwa 25 mg, läßt sich bei Versagen einer antidepressiven Medikation bei chronisch Schlafgestörten häufig eine ausreichende Schlafinduktion und Schlafkontinuität erreichen.

Psychotherapie. Bevor bei einer akuten oder chronischen Schlafstörung an Medikamente gedacht wird, sollte unbedingt der Versuch einer psychotherapeutischen Behandlung erfolgen. Der Umstand, daß chronisch schlafgestörte Patienten zu über 80% Medikamente einnehmen, schließt das eingehende ärztliche Gespräch bzw. sogar ein definiertes psychotherapeutisches Vorgehen nicht aus. Psychische Belastungen, erst

recht psychische Krankheiten, beeinflussen den Schlaf. Meist wirken sie schlafverkürzend. Besondere Leistungsanforderungen wie Prüfungssituationen oder ähnliches oder reale Gefahr bewirken die physiologische Reaktionsweise der Vigilanzsteigerung. Berufsstreß, aber auch psychischer Streß wie Beschämung, Ärger, Schuldgefühle wirken als Weckreize, die zu Schlafverkürzung bzw. Schlaffragmentierung führen. Wenn streßinduzierter Schlafentzug anhält, wird ein oft nur vermeintliches Schlafdefizit Ursache für einen circulus vitiosus. Je mehr der Schlaf aktiv gesucht wird, um so mehr wird dieses absichtliche Bemühen zu einem Weckreiz. Patienten mit derartigen Schlafproblemen schlafen nicht selten rasch ein, wenn sie fernsehen, wenn sie langweilige Vorträge hören, wenn also Schlaf nicht aktiv gesucht wird. Mit dem Zubettgehen sind sie aber hellwach. Die Schlaflosigkeit nimmt nicht selten den Charakter der sich selbst erfüllenden Prophezeiung an, da schon jede längere Einschlaflatenz oder jedes längere Wachliegen als unphysiologisch und krank, unter Umständen sogar mit dem Gefühl der eigenen Minderwertigkeit erlebt wird. Ein wichtiger, gern vergessener Teil der Therapie von Schlafstörungen sollte versuchen, diesen Druck des *Schlafenmüssens* zu mildern.

Eine andere Form konditionierter Wachheit kann durch unbewußte Assoziation des eigenen Bettes oder Schlafzimmers mit Ärger, Frustration oder Angst entstehen. Häufig schlafen diese Patienten in anderen Betten weitaus besser als in den eigenen, wohingegen der Normalschläfer eher ein umgekehrtes Verhalten erwarten läßt. Eine Reihe von verhaltenstherapeutischen Maßnahmen wurde entwickelt, um eine Entkoppelung von derartigen unbewußten Reizen zu erzielen. Verhaltenstherapeutische Strategien enthalten einige Grundregeln, die bei schlafgestörten Patienten Allgemeingültigkeit besitzen [8]. So sollte das Bett nur bei körperlichem Schlafbedürfnis aufgesucht werden, auch sollte im Bett weder gelesen noch gegessen noch ferngesehen werden. Wenn sich Schlaf nicht einstellt, sollen diese Patienten aufstehen, sich in einem anderen Raum einer Betätigung hingeben. Wenn erneut Schlafdruck verspürt wird, soll wieder zu Bett gegangen werden. Stellt sich Schlaf nicht rasch ein, muß die Prozedur, notfalls mehrmals in der Nacht, wiederholt werden. Ziel derartiger Maßnahmen ist, das Bett mit der Fähigkeit zu sofortigem Einschlafen zu rekonditionieren. Eine sehr wichtige Verhaltensregel besteht in einer regelmäßig eingehaltenen Aufstehzeit. Damit lassen sich in überschaubaren Zeiträumen Verschiebungen im 24-Stunden-Rhythmus ausgleichen. Das angeführte Leseverbot im Bett steht bei diesen Patienten nicht im Widerspruch zur Erfahrung, daß bei sehr vielen gesunden wie auch schlafgestörten Patienten Lesen im Bett eine gute hypnotische Wirkung hat.

Daß eine ärztlich-gesprächstherapeutische Führung oder bei vorliegender Indikation ein psychotherapeutisches Verfahren die Ursache von Schlafstörungen aufspüren, der Einsichtsfähigkeit zugänglich machen und dadurch abhelfen soll, braucht eigentlich nicht gesondert erwähnt zu werden. Eine ausschließliche Behandlung einer Schlafstörung mit Medikamenten, ohne ein verständiges Eingehen des Arztes auf die erkennbaren Teilursachen, seien es Probleme, Ängste oder Schmerzen, sollte niemals erfolgen. Auch sollte die Indikation zum Schlafmittel ausschließlich von Ärzten gestellt und nicht an das Pflegepersonal delegiert werden, geschweige denn über die Empfehlung der Nachbarin zustande kommen. Bei aller dringend gebotenen gesprächstherapeutischen Fürsorge sollte aber auch nicht vergessen werden, daß Medikamente häufig sehr rasch und wirkungsvoll Abhilfe schaffen, ein Verzicht auf Medikamente eine Verlängerung von unnötigem Leiden bedeuten kann.

Literatur
1. **Anschütz, F.:** Klinik und Therapie von Schlafstörungen. Aesopus, Basel 1984.
2. **ASDC (Association of Sleep Disorder Centers), APSS (Association for the Psychophysiological Study of Sleep):** Classification of sleep and arousel disorders.

Sleep 2 (1979) 1–137.

3. **Borbely, A. A.:** Benzodiazepin-Hypnotika. Wirkungen und Nebenwirkungen in Einzeldosen. In: Hippius, H., Engel, R. R., Laakmann, G.: Benzodiazepine. Springer, Heidelberg 1986.

4. **Dilling, H., Weyerer, S.:** Epidemiologie psychischer Störungen und psychiatrischer Versorgung. Urban & Schwarzenberg, München 1978.

5. **Engel, R., Engel, P.:** Schlafverhalten, Persönlichkeit und Schlafmittelgebrauch von Patienten mit chronischen Einschlafstörungen. Nervenarzt 51 (1980) 22–29.

6. **Griffiths, R. R., Sannerud, C. A.:** Abuse of and dependence on benzodiazepine and other anxiolytic/sedative drugs. In: Meltzer, H. Y. (Hrsg.): Psychopharmacology: The third generation of Progress. S. 1535–1542. Ravenpress, New York 1987.

7. **Guilleminault, C., Dement, W. C.:** Sleep apnea syndromes and related sleep disorders. In: Williams, R. L., Karacan, I. (Hrsg.): Sleep disorders: Diagnosis and treatment. S. 9–28. New York, Wiley 1978.

8. **Hauri, P., Orr, W. C.:** The sleep disorders. Current concepts. Kalamazoo 1982.

9. **Lader, M.:** Benzodiazepine dependents. Prog. Neuro. Psychopharm. Biol. Psychiat. 8 (1984) 85–95.

10. **Lugaresi, E., Zucconi, M., Bixler, E. O.:** Epidemiology of sleep disorders. Psychiatric Annals 17 (1987) 446–453.

11. **Meier-Ewert, K.:** Tagesschläfrigkeit. Edition Medizin, Weinheim 1989.

12. **Partinen, M., Eskelinen, L., Tuomi, K.:** Epidemiology of Insomnia: Environmental Factors. In: Koella, W. P., Rüther, E., Schulz, H. (Hrsg.): Sleep 84. S. 42–44. Fischer, Stuttgart 1985.

13. **Rickels, K. u. Mitarb.:** Long-term benzodiazepine therapy. Benefits and risks. Psychopharmacol. Bull. 20 (1984) 608–615.

14. **Soyka, M., Steinberg, R., Vollmer, M.:** Entzugssymptome bei schrittweisem Benzodiazepin-Entzug. Nervenarzt 59 (1988) 744–748.

15. **Steinberg, R. u. Mitarb.:** Behandlung chronischer Schlafstörungen. In: Hippius, H., Rüther, E., Schmauß, M. (Hrsg.): Schlaf-Wach-Funktionen. S. 131–143. Springer, Heidelberg 1987.

16. **Steinberg, R. u. Mitarb.:** Aspekte der modernen Schlafforschung, Nervenarzt 55 (1984) 461–470.

17. **Steinberg, R.:** Benzodiazepin-Abhängigkeit. Psycho 14 (1988) 727–728.

18. **Williams, R. L., Karacan, I., Hursch, C. J.:** Electroencephalography of human sleep: Clinical applications. Wiley, New York 1974.

19. **Wolf, B. u. Mitarb.:** Drug abuse and dependence in psychiatric inpatients. Pharmacopsychiat. 18 (1988) 37–39.

Schlafmittelmißbrauch und -abhängigkeit

M. Soyka

Ein- und Durchschlafstörungen sind ein wichtiges Symptom bei fast allen psychischen Erkrankungen, spielen aber auch in der Hausarztpraxis eine große Rolle. Die meisten Psychopharmaka, die als Hypnotika Anwendung finden, haben ein mehr oder weniger großes Suchtpotential, so die Barbiturate, das Chloralhydrat, das Methyprylon, die Bromharnstoffderivate, wie z. B. das Carbromal, aber auch das, mittlerweile der Betäubungsmittelverschreibungsverordnung unterstellte Methaqualon. Für das Chloralhydrat, das sich im klinischen Alltag als Schlafmittel gut bewährt hat, sind ebenso Abhängigkeitsentwicklungen und Entzugspsychosen, wie z. B. delirante Bilder, beschrieben worden, wie für das Piperidinderivat Methyprylon und die Bromharnstoffderivate, bei denen es auch häufiger zu Bromintoxikationen kommen kann. Die Benzodiazepinhypnotika haben die Barbiturate, aber auch die anderen oben erwähnten Substanzen, die im Vergleich zu den Benzodiazepinen wesentlich toxischer sind und auch, wie das Chloralhydrat, eine enge therapeutische Breite haben, weitgehend verdrängt und entbehrlich gemacht.

Auch die *Barbiturate* sind durch die Benzodiazepine weitgehend verdrängt worden; dies mit gutem Grund: die therapeutische Breite der Barbiturate ist viel kleiner als die der Benzodiazepine, zudem kommt es zu keiner den Barbituraten vergleichbaren Toleranzentwicklung unter Benzodiazepinen. Dennoch spielen die Barbiturate heute als Schlafmittel noch eine gewisse Rolle. Hexobarbital mit einer Halbwertszeit von ca. 3–7 Stunden wird als kurz wirksames Barbiturat als Einschlafmittel verwendet, Pento- und Cyclobarbital, als mittellang wirksame Barbiturate, werden noch bei Ein- und Durchschlafstörungen eingesetzt. Wegen der relativ langen Halbwertszeit kann es bei Barbituraten häufig zu einem Hang-over, Müdigkeit und Konzentrationsstörungen am nächsten Tag kommen. Sehr lang wirksame Barbiturate wie das Phenobarbital finden deshalb nur noch als Antiepileptika, nicht dagegen als Hypnotikum Verwendung. Der Vorteil der Barbiturate, ihre sichere, „schlaferzwingende" Wirkung wird durch die im Vergleich zu den Benzodiazepinen wesentlich höhere Toxizität, die Kumulationsgefahr und das erheblich höhere Suchtpotential bei weitem aufgehoben. Zum klinischen Bild des Barbituratentzugs gehören auch Entzugspsychosen, Krampfanfälle, Angst und affektive Symptome.

Benzodiazepine

Wegen der großen Bedeutung, die die Benzodiazepine heute als Tranquilizer und Hypnotika erhalten haben, soll diese Substanzgruppe an dieser Stelle ausführlicher besprochen werden. Benzodiazepine finden als Tranquilizer, Anxiolytika, Muskelrelaxantien und Antiepileptika weite Verbreitung. Die Benzodiazepine gehören in Deutschland zu den am häufigsten verordneten Medikamenten überhaupt [21]. Die Verschreibungen sind in den letzten Jahren etwas rückläufig gewesen, wobei der Anteil der Benzodiazepinhypnotika eher zunahm. Eine genaue Differenzierung der Benzodiazepine in Tranquilizer und Hypnotika ist nicht möglich und auch wenig sinnvoll, allen Benzodiazepinderivaten sind die anxiolytische, muskelrelaxierende, antiepileptische und schlafanstoßende Wirkung inne, allerdings in sehr unterschiedlicher Potenz und abhängig von der Dosis. Als Benzodiazepinhypnotika im engeren Sinne gelten Flurazepam mit einer langen bis sehr langen Halbwertszeit des aktiven Metaboliten von bis zu 250 Stunden, Flunitrazepam als mittellanges, Lormetazepam, Nitrazepam und Temazepam als mittellang bis kurz wirksame und Triazolam als ultrakurz wirksames Hypnotikum.

Bei den Benzodiazepinhypnotika mit langer bis sehr langer Halbwertszeit sind, ähnlich wie bei Barbituraten, ein möglicher „Hang-over" am nächsten Tag, ebenso Konzentrationsstörungen, Müdigkeit und Einschränkung der kognitiven Leistungsfähigkeit sowie eine mögliche Fahruntauglichkeit zu berücksichtigen.

Suchtpotential. Das Suchtpotential der Benzodiazepine galt lange Zeit als sehr gering, obwohl *Hollister* Entzugsphänomene bereits 1963 für das Chlordiazepozid beschrieb [12]. Aus den letzten Jahren liegen aber mittlerweile eine Vielzahl von Berichten über Abhängigkeitsentwicklungen und Entzugserscheinungen [5, 6, 9, 10, 11, 13, 15, 20, 23, 24, 27, 28, 29, 33, 35, 36] bei längerer Gabe von Benzodiazepinen vor, so daß sich kritische Stimmen mehrten, die auf die Sucht-Potenz der Benzodiazepine hinwiesen [14, 16, 22, 25, 30, 31]. Mittlerweile liegen eine Reihe von kasuistischen, z. T. aber auch systematischen [23, 24, 29, 35, 38] Untersuchungen vor, die belegen, daß nach längerer Gabe von Benzodiazepinen bei Absetzen in einer Vielzahl der Fälle mit dem Auftreten von sehr unterschiedlichen Entzugssymptomen zu rechnen ist. Besonders nach dem plötzlichen Absetzen von Benzodiazepinen, vor allem im höheren Dosisbereich, wurden paranoid-halluzinatorische, wahnhaft depressiv anmutende, delirante, aber auch Entzugspsychosen bis hin zu komatösen Zuständen beschrieben [1, 2, 3, 8, 19, 26]. Bereits seit längerem bekannt war, daß es nach Absetzen von Benzodiazepinhypnotika zu erneuten Schlafstörungen, einer „Rebound-Insomnia" kommen kann.

Zwei Abhängigkeitstypen. Die Differenzierung von Ge- und Mißbrauch, psychischer und körperlicher Abhängigkeit ist bei den Benzodiazepinen besonders schwierig. So werden zwei Typen der Benzodiazepinabhängigkeit differenziert: zum einen die *High-Dose-Dependence* von Bezodiazepinen, bei denen Benzodiazepine in einer Dosis jenseits des therapeutischen Bereichs eingenommen werden, zum anderen die Benzodiazepinabhängigkeit vom *Low-Dose-Typ*, bei der eine psychische und auch körperliche Abhängigkeit von Benzodiazepinen besteht, die eingenommene Dosis aber noch im therapeutischen Bereich liegt [27, 29]. In der ICD-9 wird die Benzodiazepinabhängigkeit zum Typ der Alkohol- und Barbituratabhängigkeit gerechnet. Die WHO-Definition der Benzodiazepinabhängigkeit [37] gilt als sehr unscharf, dringend notwendig erscheint eine Operationalisierung von Abhängigkeitskriterien.

Entzug. Die Entzugssymptome des Benzodiazepinentzugs ähneln denen des Barbituratentzugs. *Smith u. Wesson* [32] versuchten zwei Typen des Benzodiazepinentzugs zu differenzieren: zum einen den Entzugstyp bei High-Dose-Dependence, der gekennzeichnet sein soll durch einen mehrtägigen Verlauf, das häufige Auftreten von Entzugspsychosen, Angst und epileptischen Anfällen, zum anderen der Entzugstyp bei „Low-Dose-Dependence" von Benzodiazepinen mit z. T. wochenlang persistierenden Angst- und Schlafstörungen, aber auch den verschiedensten somatischen und vegetativen Symptomen. Diese Entzugssymptome sind jeweils abzugrenzen

von möglichen Symptomen der, psychischen oder neurologischen, Grunderkrankung, wegen der der Patient ursprünglich mit Benzodiazepinen anbehandelt wurde; nach Absetzen der Medikamente ist auch an ein Wiederauftreten dieser Grundsymptome zu denken, hier „Symptom-Reemergence" genannt. *Tyrer* [35] schlug vor, nur dann von Benzodiazepinentzugssyndromen zu sprechen, wenn diese im Entzug erstmals aufgetreten sind oder die initial bestehenden Beschwerden um mehr als 50% zunahmen.

Die Klinik des Benzodiazepinentzugs ist ausgesprochen vielgestaltig. Benzodiazepinentzugspsychosen können sowohl als delirante, aber auch als paranoid-halluzinatorische oder ängstlich-depressive Syndrome imponieren, die sich von endogenen Psychosen häufig nicht sicher unterscheiden lassen, nach erneuter Gabe von Benzodiazepinen jedoch meist rasch remittieren. Als besonders typisch, wenn auch nicht pathognomonisch, gelten die im Benzodiazepinentzug häufig auftretenden Perzeptionsstörungen, die sich z. B. in Form von kinästhetischen Beschwerden, Überempfindlichkeit für verschiedene Sinnesreize, Parästhesien, Sehstörungen oder Körperfühlstörungen äußern können [16, 30, 31]. Die meisten Autoren sind sich einig, daß ein schrittweiser Benzodiazepinentzug einem abrupten Absetzen vorzuziehen ist. In einer systematischen Untersuchung an 20 benzodiazepinabhängigen Patienten, die über einen

Tabelle 1: Prozentuale Häufigkeit der Entzugssymptome bei 20 benzodiazepinabhängigen Patienten. Die Symptome wurden in erstmals oder verstärkt aufgetretene differenziert (Erläuterungen siehe Text).

Psychische Entzugsphänomene

	insgesamt (%)	neu (%)	verstärkt (%)
Mnestische Störungen:			
Konzentrationsstörungen	80	25	55
Gedächtnisstörungen	50	25	25
Formale Denkstörungen	25	15	10
(Verlangsamung)			
Affekt-, Antriebsstörungen:			
Agitiertheit	95	30	65
Depressive Verstimmung	80	55	25
Antriebsminderung	75	40	35
Dysphorie/Reizbarkeit	70	40	30
Stimmungsschwankungen	70	40	30
Diffuse Angst	70	40	30
Euphorie	50	30	20
Weinerlichkeit	40	20	20
Phobische Angst	35	30	5
Panikartige Angst	30	25	5
Affektlabilität	25	25	0
Ich-Störungen:			
Depersonalisation	15	15	0
Derealisation	15	15	0
Andere psych. Störungen			
Alp-, Angstträume	65	45	20
Vermehrtes Träumen	40	40	0
Nervosität	25	20	5
Suizidalität	25	15	10
Psychosom. Störungen	10	10	0
Müdigkeit	5	5	0

Somatische u. vegetative Entzugsphänomene

Symptome:	insgesamt (%)	neu (%)	verstärkt (%)
Durchschlafstörungen	100	45	55
Einschlafstörungen	95	35	60
Vermehrtes Schwitzen	95	30	65
Tremor	90	40	50
Appetitlosigkeit	75	60	15
Kopfschmerz	75	40	35
Herzklopfen	75	30	45
Schwindelgefühle	60	30	30
Motorische Unruhe	60	35	25
Abdominelle Krämpfe	55	45	10
Faszikulationen	50	45	5
Übelkeit	50	30	20
Schwächegefühl	50	20	30
Allgem. Unwohlsein	30	30	0
Muskelschm./Verspann.	30	20	10
Gewichtsverlust	25	20	5
Würgereiz	25	15	10
Erbrechen	10	5	5
Pruritus	10	10	0

Perzeptionsstörungen

Symptome:	insgesamt (%)	neu (%)	verstärkt (%)
Überempfindl. f. akust. Reize	65	40	25
Verschwommenes Sehen	55	35	20
Parästhesien	45	30	15
Veränderter Geschmack	45	30	15
Kinästhet. Beschwerden	40	25	15
Überempfindl. f. olfakt. Reize	30	20	10
Überempfindl. f. opt. Reize	30	15	15
Vermind. Wahrn. v. Geschmack	25	25	0
Ohrendruck	15	15	0
Überempfindl. f. takt. Reize	10	10	0
Veränderter Geruch	10	5	5
Optische Verzerrungen	10	5	5
Körperfühlstörungen	5	5	0
Vermind. Wahrn. v. Geruch	5	5	0
Illusionäre Verkennungen	5	5	0

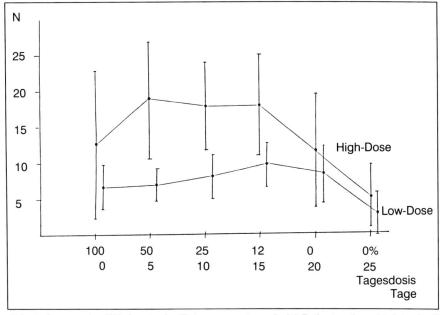

Abb. 1: Summe der Mittelwerte der Entzugssymptome bei 6 Patienten (x̄ = 41 Jahre) mit einer langjährigen (x̄ = 6,3 Jahre) Einnahme therapeutischer Benzodiazepindosen (x̄ = 22 mg Diazepam-Äquivalent) und 6 Patienten (x̄ = 40 Jahre, Abhängigkeitsdauer = 9,6 Jahre) mit einer High-Dose-Dependence (x̄ = 87,5 mg Diazepam-Äquivalent). Die Stichprobe umfaßt Patienten mit vergleichbaren zeitlichen Reduktionsschritten. Während bei Aufnahme und nach Absetzen in beiden Gruppen gleich viele Symptome nachweisbar waren, ließen sich bei den Patienten mit einer High-Dose-Dependence nach Halbieren der Ausgangsdosis signifikant mehr Entzugssymptome nachweisen (p < 0,01), ebenso bei der Reduktion auf 25% (p < 0,01) und 12% (p < 0,05). Aus [33].

mehrwöchigen Zeitraum schrittweise entzogen wurden [33], konnten wir feststellen, daß alle Patienten an Ein- oder Durchschlafstörungen litten. Zu den häufigsten Entzugssymptomen gehörten Tremor, vermehrtes Schwitzen, Konzentrationsstörungen, Agitiertheit, depressive Verstimmungen sowie Antriebsstörungen und Angstgefühle (Tabelle 1). Ein Vergleich zweier Patientengruppen mit High-Dose-Dependence und Low-Dose-Dependence von Benzodiaz-

epinen zeigte, daß die Patienten mit High-Dose-Dependence ein schwerer ausgeprägtes Entzugssyndrom erlitten (Abb. 1).

Generell gilt, daß ein schrittweiser Benzodiazepinentzug einem abrupten Absetzen der Medikamente vorzuziehen ist. Als klinisch praktikabel hat sich ein Entzugsschema erwiesen, bei dem die initiale Dosis alle 5 Tage halbiert wird, wobei der Entzug mit dem vom Patienten eingenommenen Medikament durchgeführt werden sollte. Im Einzelfall kann es hilfreich sein, therapiebegleitend andere Psychopharmaka einzusetzen, wobei vor allem an die Gabe von Antidepressiva zu denken ist. *Tyrer* [35] konnte in einer Doppelblindstudie feststellen, daß auch Propanolol im Benzodiazepinentzug wirksam ist.

Risikogruppen. Besondere Bedeutung hat die Frage, welche Patienten besonders gefährdet erscheinen, bei längerer Benzodiazepingabe abhängig zu werden. Dabei ist zu berücksichtigen, daß *primäre* Benzodiazepinabhängigkeiten eher selten sind. Eine besondere Risikogruppe stellen die Alkohol- und Drogenabhängigen dar, bei denen sekundäre Benzodiazepinabhängigkeiten häufig sind. Bei systematischen chemisch-toxikologischen Untersuchungen zur Frage des Medikamentenge- und mißbrauchs bei Alkoholabhängigen [34] konnte gezeigt werden, daß sich bei 46,5% der zur Entzugsbehandlung aufgenommenen Alkoholiker Psychopharmaka im Urin nachweisen ließen, wobei die Benzodiazepine ganz im Vordergrund standen (Tabelle 2). Auch Drogenabhängige, die heute ganz überwiegend polytoxikoman sind, nehmen häufig Benzodiazepine, aber auch andere Schlafmittel, wie z. B. Barbiturate, ein. Neben den Patienten mit einer anderen Suchterkrankung finden sich unter Benzodiazepinabhängigen häufig Patienten mit neurotischen und Angststörungen, insbesondere Herzneurosen, Phobien sowie psychosomatischen Stö-

Tabelle 2: Prozentuale Verteilung der mißbräuchlich eingenommenen Substanzgruppen, ermittelt anhand der Urinanalysen von 496 Alkoholikern (Mehrfachnennungen möglich). (Erläuterungen siehe Text – aus [34]).

Substanzgruppe	Prozentualer Anteil
Benzodiazepine	78,4%
Barbiturate	11,7%
Clomethiazol	11,7%
Analgetika	7,8%
Opiate	1,5%
Andere	1,9%

rungen allgemein. Aber auch bei Patienten mit anderen psychischen Erkrankungen, wie z. B. affektiven oder schizophrenen Psychosen sind Benzodiazepinabhängigkeiten beschrieben worden. Insgesamt gilt, daß Benzodiazepine nur kurzfristig, über einen mehrwöchigen Zeitraum, z. T. auch diskontinuierlich, verordnet werden sollten, nach längerer Gabe ist die Indikationsstellung kritisch zu überprüfen.

Suchtpotential der Substanzen. Grundsätzlich haben alle Benzodiazepine ein Abhängigkeitspotential, möglicherweise ist dieses aber bei einzelnen Benzodiazepinderivaten unterschiedlich stark. Der Verschreibungspraxis entsprechend zeigt die klinische Erfahrung, daß am häufigsten Diazepam, Bromazepam und Lorazepam mißbräuchlich eingenommen werden. In den letzten Jahren wurde vor allem auf ein wahrscheinlich größeres Suchtpotential von Lorazepam und Alprazolam, beides Substanzen mit starker anxiolytischer Potenz, hingewiesen. Weiter wurde wiederholt eine erhöhte Suchtgefahr von Benzodiazepinen mit kurzer und sehr kurzer Halbwertszeit postuliert. Bei den Substanzen mit sehr kurzer Halbwertszeit, vor allem dem als Einschlafmittel verwendeten Triazolam, soll es am nächsten Tag zu Entzugserscheinungen mit „Day-Time-Anxiety" kommen können. Ob diese Substanzen tatsächlich ein höheres Suchtpotential besitzen als andere, kann noch nicht abschließend beurteilt werden. Drogenabhängige nehmen häufig das Benzodiazepinhypnotikum Flunitrazepam ein.

Anschlußbehandlung. Häufig verbirgt sich hinter einer Benzodiazepinabhängigkeit eine psychische Grunderkrankung, die es nach erfolgter Entzugsbehandlung zu differenzieren und zu behandeln gilt. Bis-

lang liegen relativ wenige katamnestische Untersuchungen zur Frage der weiteren „Benzodiazepinabstinenz" nach erfolgter Entzugsbehandlung vor. Die weitere Behandlung von Benzodiazepinabhängigen nach abgeschlossener Entgiftung hängt vom Einzelfall ab und differiert je nach psychiatrischer Grunderkrankung und Suchtanamnese, wobei sowohl an eine ambulante nervenärztliche Behandlung, die Einleitung einer Entwöhnungstherapie oder auch an eine psychotherapeutische Betreuung zu denken ist. Zunehmend finden auch Selbsthilfegruppen für Medikamentenabhängige Verbreitung. In der Münchner Nervenklinik besteht die Möglichkeit, Benzodiazepinabhängige nach abgeschlossener Entgiftung, in eine 6wöchige Kurzzeittherapie zu integrieren, weiter wird seit mehreren Jahren eine ambulante Medikamentengruppe angeboten, die sich in vielen Fällen als hilfreich erwiesen hat.

Literatur

1. **Allgulander, C., Borg, S.:** Case report: a delirious abstinence syndrome associated with clorazepate (Tranxilen). Brit. J. Addict. 73 (1978) 175–177.
2. **Barten, H. H.:** Toxic psychosis with transient dysmnestic syndrome following withdrawal from valium. Amer. J. Psychiat. 121 (1965) 1210–1211.
3. **Böning, J.:** Entzugsdelirien unter Bromazepan. Nervenarzt 52 (1981) 293–297.
4. **Bowden, C. L., Fisher, J. G.:** Safety and efficacy of long-term diazepam therapy. Sth. med. J. 73 (1980) 1581–1584.
5. **Busto, U. u. Mitarb.:** Withdrawal reaction after long-term therapeutic use of benzodiazepines. New Engl. J. Med. 315 (1986) 854–869.
6. **Capell, H. u. Mitarb.:** Drug deprivation and reinforcement by diazepam in a dependent population. Psychopharmacology 91 (1987) 154–160.
7. **De Bard, M. L.:** Diazepam withdrawal syndrome: A case with psychosis, seizure and coma. Amer. J. Psychiat. 136 (1979) 104–105.
8. **Dysken, M. W., Chan, C. H.:** Diazepam

withdrawal psychosis: A case report. Amer. J. Psychiat. 134 (1977) 573.

9. **Fruensgaard, K.**: Withdrawal psychosis: A study of 30 consecutive cases. Acta psychiat. scand. 53 (1976) 103–118.

10. **Fruensgaard, K.**: Withdrawal psychosis after drugs. Report of a consecutive material. Ugeskr. Laeger 139/29 (1977) 1719–1722.

11. **Hallström, C., Lader, M.**: Benzodiazepine withdrawal phenomena. Int. Pharmacopsychiat. 16 (1981) 235–244.

12. **Hollister, L. E., Motzenbecker, F. P., Degan, R. O.**: Withdrawal reactions from chlordiazepoxid. Psychopharmacologia 2 (1961) 63–68.

13. **Howe, J. G.**: Lorazepam withdrawal seizures. Brit. med. J. II (1980) 1163–1164.

14. **Kemper, R., Poser, W., Poser, S.**: Benzodiazepinabhängigkeit. Amer. J. Psychiat. 145 (1980) 625–627.

15. **Khan, A., Joyce, P., Jones, A. V.**: Benzodiazepine withdrawal syndromes. N.Z. med. J. 92 (1980) 94–96.

16. **Lader, M.**: Dependence on benzodiazepines. J. clin. Psychiat. 44 (1983) 121–127.

17. **Ladewig, D.**: Abuse of benzodiazepines in Western European society – incidence and prevalence, motives, drug acquisition. Pharmacopsychiatry 16 (1983) 103–106.

18. **Ladewig, D., Grossenbacher, H.**: Benzodiazepine abuse in patients of doctors in domiciliary practice in the Basle area. Pharmacopsychiatry 21 (1988) 104–108.

19. **Levy, A.**: Delirium and seizures due to abrupt alprazolam withdrawal: Case report. J. clin. Psychiat. 45 (1984) 38–39.

20. **Mellman, T. A., Uhde, T. W.**: Withdrawal syndrome with gradual tapering of alprazolam. Amer. J. Psychiat. 43 (1986) 1464–1466.

21. **Müller-Oerlinghausen, B.**: Prescription and misuse of benzodiazepines in the Federal Republic of Germany. Pharmacopsychiatry 19 (1986) 8–13.

22. **Owen, R. T., Tyrer, P.**: Benzodiazepine dependence. A review if the evidence. Drugs 25 (1983) 385–398.

23. **Petursson, H., Lader, M. H.**: Withdrawal from long-term benzodiazepine treatment. Brit. med. J. 283 (1981) 643–645.

24. **Petursson, H., Lader, M. H.**: Dependence on tranquilizers. Oxford University Press, Oxford 1984.

25. **Poser, W., Poser, S.**: Abusus und Abhängigkeit von Benzodiazepinen. Internist 27 (1986) 738–745.

26. **Preskorn, S. H., Denner, J.**: Benzodiazepines and withdrawal. Psychosis: Report of three cases. JAMA 237 (1977) 36–38.

27. **Rickels, K. u. Mitarb.**: Low-dose dependence in chronic benzodiazepine users: A preliminary report on 119 patients. Psychopharmacol. Bull. 22 (1986) 407–415.

28. **Robinson, G. M., Sellers, E. M.**: Diazepam withdrawal seizures. Canad. med. Assoc. J. 126 (1982) 944–945.

29. **Schmauss, L., Apelt, S., Emrich, M.**: Characterization of benzodiazepine withdrawal in high and low-dose dependent psychiatric inpatients. Brain Res. Bull. 19 (1987) 393–400.

30. **Schöpf, J.**: Ungewöhnliche Entzugssymptome nach Benzodiazepin-Langzeitbehandlungen. Nervenarzt 52 (1981) 288–292.

31. **Schöpf, J.**: Withdrawal phenomena after long-term administration of benzodiazepines. A review of recent investigations. Pharmacopsychiatry 16 (1983) 1–8.

32. **Smith, D. E., Wesson, D. R.**: Benzodiazepine dependency syndromes. In: Smith, D. E., Wesson, D. R. (Hrsg.): The benzodiazepines – current standards for medical practice. S. 235–248. MTP Press, Falcon House 1985.

33. **Soyka, M., Steinberg, R., Vollmer, M.**: Entzugsphänomene bei schrittweisem Benzodiazepin-Entzug. Nervenarzt 59 (1988) 744–748.

34. **Soyka, M. u. Mitarb.**: Epileptic seizures and alcohol withdrawal: Significance of additional use (and misuse) of drugs and electroencephalographical findings. J. Epilepsy 2 (1989) 109–113.

35. **Tyrer, P., Rutherford, D., Huggett, T.**: Benzodiazepine withdrawal symptoms and propranolol. Lancet I (1981) 520–522.

36. **Tyrer, P., Owen, R., Dawling, S.**: Gradual withdrawal of diazepam after long-term

therapy. Lancet I (1983) 1402–1406.

37. **WHO:** Expert Committee on drug dependence. 16th Report. Tech. Rep. Ser. (1969) 407.

38. **Winokur, A. u. Mitarb.:** Withdrawal reaction from long-term, low-dosage administration of diazepam. Arch. gen. Psychiat. 37 (1980) 101–105.

39. **Wolf, B. u. Mitarb.:** Benzodiazepine withdrawal psychoses: A study of 11 cases. Psychopharmacology 96/Suppl. (1988) 201.

Zusammenfassung der Diskussion

E. Schmölz

Fragen und Anmerkungen zur Schlafphysiologie nahmen einen erheblichen Umfang der Diskussion ein. Prof. *Lauter* gab zu bedenken, daß der eigene Schlafrhythmus oft vor allem wegen nächtlicher Wachzeiten vom Patienten nicht akzeptiert werde, auch wenn Schlafdauer und Leistungsfähigkeit ausreichend seien. Hier bestehe die vorrangige Aufgabe des Arztes in der Beratung des Patienten. Vor einer medikamentösen Behandlung sollte in solchen Fällen versucht werden, den Patienten zur Akzeptanz seines Schlafmusters zu bewegen. Priv.-Doz. Dr. *Steinberg* betonte, daß vor allem auch Veränderungen des Schlaf-Wach-Rhythmus im Alter zu beachten seien. Es sei im Alter ein wesentlich ausgeprägteres „Mittagstief" zu erkennen, dagegen seien Schlaftiefe und Schlafdauer während der Nacht deutlich reduziert. Diese physiologischen Veränderungen seien vor medikamentöser Behandlung unbedingt zu beachten.

Dr. *Schulz* wurde nach der pathologischen Wertigkeit von Kurz- und Langschläfern bzw. Morgen- und Abendmenschen gefragt. Er führte dazu aus, daß Kurzschläfer sich durch einen erhöhten Anteil des langsamwelligen d. h. tiefen Schlafes auszeichnen auf Kosten von leichten Schlafstadien und REM-Schlaf. Gehäuft sei dieses Schlafverhalten bei extrovertierten Persönlichkeiten anzutreffen, ohne daß diesem eine pathologische Wertigkeit zuzuordnen sei. Der sogenannte Nachttyp, der weit nach Mitternacht zu Bett gehe und erst am Mittag wieder aufstehe, sei meist nicht konstitutionell bedingt, sondern ein erlernter und angewöhnter Schlafrhythmus. Bei bestehendem Leidensdruck sind verhaltenstherapeutische Maßnahmen mit Bettzeitverschiebung am erfolgreichsten.

Eine weitere Frage bezog sich auf den Einfluß von Bruxismus (nächtliches Zähneknirschen) auf das Schlafverhalten. Prof. *Berger* erläuterte dazu, daß nächtliches Zähneknirschen ein sehr häufiges Phänomen sei, zumindest temporär leiden 40 bis 50% der Bevölkerung daran. Es seien familiäre Häufungen zu beobachten, die Inzidenz nehme unter Streß und Belastungen zu. Mehr als der eigene Schlaf sei die Nachtruhe des Bettpartners gestört. Die Interpretation des Bruxismus als Zeichen für unterdrücke Aggressivität ließ Prof. *Berger* lediglich als einen Teilaspekt zu. Therapeutisch empfahl er autogenes Training.

Auch das komplexe Symptom der Schlafapnoe wurde nochmals zur Diskussion gestellt. Dr. *Behr* betonte, daß etwa 50% aller Patienten, die über Hypersomnie klagen, tatsächlich eine Schlafapnoe haben. Kenntnis und Anwendung der heute zur Verfügung stehenden differenzierten Diagnostik sind auch in der ärztlichen Praxis von großer Relevanz, da es für die meisten Patienten befriedigende Behandlungsmöglichkeiten gibt.

Der Hauptteil der Diskussion bezog sich auf Fragen nach der medikamentösen Behandlung von Schlafstörungen. Nach der kontroversen Darstellung der Antidepressiva-Wirkung auf Schlafstörungen im Rahmen der Vorträge wurde gerade diese Stoffklasse noch einmal ausführlich diskutiert. Dr. *Schulz* führte aus, daß Antidepressiva gerade bei schlafgestörten Patienten mit depressiven Verstimmungen zu einer eindeutigen Konsolidierung des Schlafablaufes führten. Prof. *Berger* schränkte diese Behauptung auf die sedierenden Antidepressiva ein, die auch bei Schlafstörungen ohne Depression gelegentlich indiziert seien, sah jedoch in antriebssteigernden Präparaten eine häufige Ursache für Schlafstörungen. Zudem gab er zu bedenken, daß auch bei sedierenden Antidepressiva gelegentlich paradoxe Reaktionen, wie sie von Barbituraten oder Benzodiazepinen bekannt sind, auftreten können.

Prof. *Forth* und Prof. *Hippius* warnten vor einer generellen Ablehnung der Benzodiazepine. Auch längerdauernde Behandlungen in der Praxis seien anscheinend häufiger problemlos möglich, als Erfahrungen an einer hochselektierten Problemgruppe von stationär behandlungsbedürf-

tigen Patienten vermitteln. Eine spezielle Frage richtete sich nach gehäuftem Auftreten von amnestischen Episoden bei der Verwendung von Benzodiazepinen mit sehr kurzer Halbwertszeit. Priv.-Doz. Dr. *Steinberg* bestätigte, daß es in der Tat Hinweise in dieser Richtung gebe. Er betonte jedoch, daß Amnesien vor allem bei kurzdauernder Anwendung oder am Anfang einer Benzodiazepin-Therapie aufträten, wohingegen bei längerer Behandlung amnestische Episoden so gut wie nicht mehr zu beobachten seien.

Im weiteren wurde die Frage nach der Bedeutung der Aminosäure Tryptophan in der Behandlung von Schlafstörungen gestellt. Prof. *Forth* schloß kurzfristige Störungen von der Indikationsstellung aus, da erfahrungsgemäß zwei bis drei Wochen bis zum Wirkungseintritt vergingen. Zudem sei die Dosierung noch ungeklärt, wobei eher höhere Dosen bevorzugt werden sollten. Außerdem seien die erheblichen Kosten einer Tryptophan-Behandlung zu bedenken. Lediglich die klinische Anwendung der Substanz bei schlafgestörten depressiven Patienten mit Neurotransmitter-Störungen solle weiter erprobt werden. Priv.-Doz. Dr. *Steinberg* machte darauf aufmerksam, daß Tryptophan kein Hypnotikum mit sedierender Wirkung sei, vielmehr eher mit den Antidepressiva zu vergleichen sei. Prof. *Berger* gab zu bedenken, daß die Schlafdauer für den Patienten in der Regel nicht entscheidend sei, quälend seien vor allem die nächtlichen Wachzeiten mit Angstzuständen und Sorgen vor dem kommenden Tag. In dieser Indikation sah er den Hauptanwendungsbereich für Tryptophan, das weniger die objektiven Schlafparameter beeinflusse als insgesamt die Schlafzufriedenheit verbessere. Prof. *Hippius* sah die Hauptindikation in der langfristigen Therapieplanung vor allem bei Patienten mit bekanntem Risiko für erhöhte Abhängigkeitsgefahr.

Auf die Frage einer Behandlungsmöglichkeit von im Klimakterium aufgetretenen Schlafstörungen durch Hormongabe zitierte Prof. *Hippius* Berichte aus der Gynäkologie mit guter Erfahrung. Für die Psychiatrie sah er eine wissenschaftliche Aufgabe der Zukunft darin, die Wirkungen von Östrogenen auf den Schlaf, aber auch deren allgemeine psychischen Effekte zu untersuchen.

Prof. *Ermann* gab hier zu bedenken, daß neben der hormonellen Umstellung auch die psychische Problematik im Sinne der Verarbeitung des Verlustes von Jugend und Vitalität eine nicht zu vernachlässigende Rolle spiele. Relaxationsverfahren, vor allem das autogene Training, sollten zusammen mit konkreter Hilfestellung bei sozialen Belastungen Therapieversuche erster Wahl sein.

Weiter wurde die Behandlung des Einzelsymptoms „Schlafstörung" bei Patienten mit Depression diskutiert. Prof. *Hippius* gab zu bedenken, daß der zerhackte Schlaf, das Früherwachen mit ausgeprägtem Stimmungstief am Morgen extrem quälend für diese Patienten sei und sah darin eine unbedingte Behandlungsnotwendigkeit der Schlafstörung bei depressiven Patienten. Primär seien schlaffördernde Antidepressiva indiziert, bei mangelnder Wirksamkeit der Rückgriff auf Benzodiazepine durchaus angezeigt. Nicht zu vergessen sei jedoch auch die schlaffördernde Wirkung von Antihistaminika und niederpotenten Neuroleptika.

Anhang Schlafambulanzen und Schlaflaboratorien in der Bundesrepublik Deutschland

Berlin (West)
DRK-Krankenhaus „Mark Branden-
burg, Abt. Drontheimer Straße"
Akademisches Lehrkrankenhaus
der FU Berlin
1. Innere Abteilung
Drontheimer Str. 39-40,
1000 Berlin 65
Tel.: (0 30) 49 07-3 45

Klinikum Charlottenburg
Abt. für Klinische Neurophysiologie
Spandauer Damm 130,
1000 Berlin 19
Tel.: (0 30) 30 35-3 15

Bielefeld
Evangel. Johannes-Krankenhaus
Neurologische Klinik
Schildescher Str. 99, 4800 Bielefeld 1
Tel.: (05 21) 8 01 45 51

Bonn
Nervenklinik und Poliklinik
Neurologie der Universität
Sigmund-Freud-Str. 25, 5300 Bonn
Tel.: (02 28) 2 80 33 61

Bremen
Zentralkrankenhaus Bremen-Ost
Institut f. klinische Neurophysiologie
Züricher Str. 40, 2800 Bremen
Tel.: (04 21) 40 83 76

Bremerhaven
Zentralkrankenhaus Reinkenheide
Neurologische Klinik
Postbrookstraße, 2850 Bremerhaven
Tel.: (04 71) 2 99 34 19

Calw
Landesklinik Nordschwarzwald
Postfach, 7260 Calw
Tel.: (0 70 51) 5 86 24 14

Dillingen (Saar)
Caritas-Krankenhaus
Institut für Schlafstörungen und
Schlafforschung
Werkstr.1, 6638 Dillingen (Saar)
Tel.: (0 68 31) 70 82 50

Frankfurt
Psychiatrische Klinik der Universität
Heinrich-Hofmann-Str. 10,
6000 Frankfurt a. M.
Tel.: (0 69) 63 01-50 04

Freiburg
Psychiatrische Universitätsklinik
Dr. A. Steiger
Hauptstr. 5, 7800 Freiburg
Tel.: (07 61) 27 08-2 10/2 11

Gauting
Zentralkrankenhaus Gauting
(LVA Oberbayern)
Labor für Schlaf- und
Atemregulationsstörungen
Unterbrunner Str. 85, 8035 Gauting
Tel.: (0 89) 8 57 91-3 69 /3 67/3 12

Göttingen
Psychiatrische Universitätsklinik
Von-Siebold-Str. 5, 3400 Göttingen
Tel.: (05 51) 39 66 10/11

Hagen
Klinik Ambrock

Zentrum für Pneumologie und
Thoraxchirurgie
5800 Hagen 1
Tel.: (0 23 31) 7 80 82 02

Klingenmünster
Pfalzklinik Landeck
Postfach, 6749 Klingenmünster
Tel.: (0 63 49) 7 92 14

Lahr
Kreiskrankenhaus Lahr
Neurologische Klinik
Klosterstr. 19, 7630 Lahr
Tel.: (0 78 21) 2 85-4 10

Mainz
Psychiatrische Klinik und Poliklinik
der Universität
Untere Zahlbacher Str. 8,
6500 Mainz
Tel.: (0 61 31) 17-24 09

Mannheim
Zentralinstitut für Seelische
Gesundheit J5
Pychiatrische Klinik
Postfach 59 70, 6800 Mannheim 1
Tel.: (06 21) 1 70 31

Marburg
Zentrum für Innere Medizin
Medizinische Poliklinik
der Universität
Baldinger Str., 3550 Marburg/Lahn
Tel.: (0 64 21) 28-27 02

München
Max-Planck-Institut für Psychiatrie –
Klinik
Kraepelinstr. 10, 8000 München 40
Tel.: (0 89) 30 62 21

Psychiatrische Klinik und Poliklinik
der Universität
Nußbaumstr. 7, 8000 München 2
Tel.: (0 89) 61 60-34 39

Münster
Psychologisches Institut II
der Universität
Schlaunstr. 2, 4400 Münster
Tel.: (02 51) 83 41 41/41 15

Norderney
Klinik Norderney (LVA Westfalen)
Klinik für Erkrankungen
der Atmungsorgane
Kaiserstr. 26, 2982 Norderney
Tel.: (0 49 32) 8 92-2 00

Regensburg
Bezirkskrankenhaus Regensburg
Universitätsstr. 84, 8400 Regensburg
Tel.: (09 41) 94 1-3 37

Schwalmstadt-Treysa
Neurologische Klinik Hephata
Heinrich-Wiegand-Str. 57
3578 Schwalmstadt-Treysa
Tel.: (0 66 91) 1 82 60,
Fax: (0 66 91) 1 81 89

Tübingen
Psychiatrische Klinik der Universität
Osianderstr. 22, 7400 Tübingen
Tel.: (0 70 71) 29 23 11

Würzburg
Psychiatrische Klinik und Poliklinik
der Universität
Füchsleinstr. 15, 8700 Würzburg
Tel.: (09 31) 2 03-3 01

Autoren

Behr, J., Dr. med., Medizinische Klinik der Universität München – Klinikum Großhadern, Marchioninstr. 14, D-8000 München 70

Berger, M., Prof. Dr. med., Zentralinstitut für Seelische Gesundheit, Postfach 59 70, D-6800 Mannheim 1–J5

Ermann, M., Prof. Dr. med., Psychiatrische Klinik und Poliklinik der Universität München, Nußbaumstraße 7, D-8000 München 2

Forth, W., Prof. Dr. med., Institut für Pharmakologie und Toxikologie, Nußbaumstraße 26, D-8000 München 2

Greil, W., Priv.-Doz. Dr. med., Universitätsnervenklinik, Nußbaumstr. 7, D-8000 München 2

Hippius, H., Prof. Dr. med., Direktor der Psychiatrischen Klinik und Poliklinik der Universität München, Nußbaumstr. 7, D-8000 München 2

Hohagen, F., Dr. med., Zentralinstitut für Seelische Gesundheit, Postfach 59 70, D-6800 Mannheim 1–J5

Lauter, H., Prof. Dr. med., Psychiatrische Klinik und Poliklinik der TU München, Klinikum rechts der Isar, Möhlstr. 26, D-8000 München 80

Schmölz, Elisabeth, Dr. med., Universitätsnervenklinik, Nußbaumstr. 7, D-8000 München 2

Schulz, H., Priv.-Doz. Dr. rer. nat., Freie Universität Berlin – Psychiatrische Klinik, Labor für klinische Neurophysiologie, Eschenallee 3, D-1000 Berlin 19

Soyka, M., Dr. med., Psychiatrische Klinik und Poliklinik der Universität München, Nußbaumstr. 7, D-8000 München 2

Steinberg, R., Priv.-Doz. Dr. med., Pfalzklinik Landeck, Weinstr. 100, D-6749 Klingenmünster 2

Sachverzeichnis